・魯迅經典集・

野　草

魯迅　著

方志野　主編

前言

《野草》是現代文學家魯迅創作的一部散文詩集，收一九二四年至一九二六年間所作散文詩23篇，書前有《題辭》1篇，一九二七年7月由北京北新書局出版，列為作者所編的「烏合叢書」之一，現編入《魯迅全集》第1卷。

20世紀20年代初期，作者魯迅生活在北洋軍閥統治下的北京，處於極度苦悶中的魯迅當時心境很頹唐，但對理想的追求仍未幻滅，這部詩集真實地記述了作者在新文化統一戰線分化以後，繼續戰鬥，卻又感到孤獨、寂寞，在彷徨中探索前進的思想感情。詩集內容形式多樣、想象豐富、構思奇特、語言形象，富有抒情性和音樂性，成功地運用了象徵手法，具有強烈的藝術感染力；詩集以獨語式的抒情散文形式，詩性的想象與昇華，深化了中國散文詩的藝術和思想意境。

《野草》是一部充滿着象徵主義的散文詩集，象徵主義作為一個自覺的文藝流派運動是從19世紀80年代法國作家讓．莫瑞阿斯在《費加羅報》發表《象徵主義宣言》時開始發展起來的，到20世紀20年代形成一個具有較大影響的世界範圍的現代派文藝運動。散文詩在新詩革命初期就開始有人創作，一九一八年到一九二三年，初期白話詩人劉半農，在創作新詩的同時，寫了《曉》《餓》《雨》《靜》《墨蘭的海洋深處》等散文詩篇；新詩奠基者郭沫若於一九二〇年12月20日，在《時事新報》副刊《學燈》上，用「我的散文詩」為總題，發表了《冬》《她與他》《女屍》《大地的號》四首短小的散文詩作品；在此前後，從一九一八年到

前言

一九二四年，《新青年》《晨報副刊》《小說月報》《文學句刊》《文學週報》《學燈》《覺悟》《語絲》等刊物上，陸續發表了劉半農、沈穎、周作人、西諦（鄭振鐸）、沈性仁、張定璜、蘇兆龍等人翻譯的屠格涅夫、波德萊爾的散文詩，有的刊物還專門發表了介紹和討論散文詩的文章。作者就是在這樣的文化氛圍下，陸續發表了23篇散文詩，編成《野草》。

20世紀初期，中國政治時局動盪不安，軍閥混戰，段祺瑞政府把持了北京政權後，中國陷入了五四運動之後最黑暗的時期。軍閥政府「既摧殘全國學生工人爭取自由運動，慘殺無辜。又主使川湘桂粵東南東北數次戰爭，擾害閭閻。」五四新文化運動出現了逆轉和挫折，《新青年》團體散掉後，魯迅有種在沙漠中孤軍奮戰的感覺。他把自己描寫成在舊戰場上徘徊的餘零兵卒，找不到目標和意義。而與周作人的失和以至決裂，使魯迅極力維持的完整的家的概念不復存在，魯迅精神家園最後的整合的依託四分五裂，再者，女師大事件也給魯迅情緒帶來很大的影響，作者魯迅為了記述這一過程，創作了一系列反映軍閥混戰及內心苦悶的散文詩。

這部作品所收的23篇文章，作於一九二四年至一九二六年北洋軍閥統治下的北京。作者魯迅在一九三二年回憶說：「後來《新青年》的團體散掉了，有的高升，有的退隱，有的前進，我又經驗了一回同一戰陣中的夥伴還是會這麼變化，並且落得一個〈作家〉的頭銜，依然在沙漠中走來走去，不過已經逃不出在散漫的刊物上做文字，叫作隨便談談。有了小感觸，就寫些短文，誇大點說，就是散文詩，以後印成一本，謂之《野草》。」（《南腔北調集・自選集自序》）一九二六年4月10日寫完《一覺》後不久，作者魯迅離開北京，南下廈門，當魯迅從廈門赴廣州時，途中有

一封致北新書局李小峯的信，其中提到：「至於《野草》，此後做不做很難說，大約是不見得再做了……但要付印，也還須細看一遍，改正錯字，頗費一點工夫。因此一時也不能寄上。」（《華蓋集續編．海上通信》）到達廣州以後，魯迅忙於種種，整理《野草》舊稿之事暫時擱置，直到「四．一五」政變之後，魯迅離開了中山大學，感到「現在無話可說」，而又不便馬上離開廣州，於是着手整理舊稿，首先從事的就是《野草》，於一九二七年4月26日寫出《題辭》，28日將全稿寄北京李小峯，當年七月，《野草》由北京北新書局出版，《題辭》載於《野草》單行本卷首，《題辭》在詩集最初六次印刷時都曾印入；一九三一年5月上海北新書局印第七版時被國民黨書報檢查機關抽去，一九四一年上海魯迅全集出版社出版《魯迅三十年集》時才重新收入；詩集中的《英文譯本序》，是應英文本《野草》的譯者馮餘聲之請而寫的，據《魯迅日記》一九三二年11月2日載：「得馮餘聲信，即覆。」11月6日：「與馮餘聲信，並英文譯本《野草》小序一篇，往日照像兩枚。」英譯本原擬在商務印書館出版，但稍後毀於一九三二年「一．二八」上海的戰火，未能印行，在一九四一年時才收入。

《野草》區別於魯迅其它作品的一個最大的特徵，是它隱藏的深邃的哲理性與傳達的象徵性。不滿足於當時一般閒話或抒情性美文來傳情達意，而將從現實和人生經驗中體悟的生命哲學賦予一種美的形式，創造一種特異的「獨語」式的抒情散文詩。《野草》承載的生命哲學主要表現在以下兩方面。

(1)韌性戰鬥的哲學，主要是指對於舊的社會制度與黑暗勢力，對人和人性摧殘壓迫所採取的生命選擇和心理姿態。基於對改革中國社會艱難的深刻了解，對於五四以後青年抗爭黑暗勢力過分樂觀和急躁的觀察，魯迅以一個啟蒙者獨有

的清醒，提出堅持長期作戰的韌性哲學。他說他佩服天津青皮的「無賴精神」。他主張同敵人戰鬥中，要堅持「壕塹戰」，儘量減少流血和犧牲，他告訴人們：「正無須乎震駭一時的犧牲，不如深沉韌性的戰鬥。」《野草》第一篇《秋夜》暗示的就是這個思想。《過客》中，具有這種韌性戰鬥精神的棗樹，變成了一個倔強的跋涉者的動人形象。對於過客的形象，在他心裏已　釀了十餘年的時間，用短小話劇形式寫的《過客》，一致公認是《野草》的壓卷之作，這裏包含了魯迅自辛亥革命以來，所經歷所積蓄的最痛苦、也最冷峻的人生哲學的思考。在寫完《過客》的兩個月後，魯迅在一篇文章裏說：「我自己是什麼也不怕的，生命是我自己的東西，所以我不妨大步走去，向着我自以為可以去的路：即使前面是深淵、荊棘、峽谷、火坑，都由我自己負責。」《這樣的戰士》、《淡淡的血痕中》，或是「有感於文人學士們幫助軍閥而作」，或是憤慨於「段祺瑞政府槍擊徒手民眾」的聲音，也都能在具體現實鬥爭事件的關注與介入中，進行詩性的想象與昇華，抒發和讚美了一種永無休止、永遠舉起投槍的生命哲學。

⑵反抗絕望的哲學，是魯迅轉向自己內心世界進行激烈搏鬥的產生的精神產物。所謂「反抗絕望」並不是一個封閉世界的孤獨者自我精神的煎熬與咀嚼，而是堅持叛逆抗爭中感受寂寞孤獨時靈魂的自我抗戰與反思。它的產生與內涵，都與現實生存處境有深刻的聯繫。《影的告別》是《野草》中最晦澀、最陰暗的作品。假託影與形的對話，它最痛苦也是最痛快的選擇，是在黑暗中無聲的沉沒。《乞求者》抒發了在冷漠無情的社會里，對奴隸式求乞行為的厭膩、疑心與憎惡。《希望》是將「反抗絕望」的生命哲學，表現得最充分也最直接的一篇。

中國現代散文詩從一九一八年產生，到《野草》完成的一九二六年，共經歷了八年的時間。經過魯迅的努力開拓，

前言

新生的現代散文詩走過了由幼稚到成熟的一段路程。《野草》是中國現代散文詩走向成熟的第一個里程碑，是在中國現代散文詩的發展中具有開山意義的作品。《野草》將詩意和哲理相結合，為新的文學形式帶來了特有的藝術光彩；它不再借助於詩的韻腳，使散文詩從新詩中完全獨立出來，成為中國現代哲理散文詩的良好開端。《野草》以不虛誇、不粉飾的嚴峻自我解剖開闊了現代散文詩抒情藝術的道路。《野草》啟示人們要把個人的詩情與整個時代的鬥爭緊密聯繫起來。《野草》開創了現代文學中象徵主義道路。

現代詩人李素伯：極其詩質的小品——《野草》。這是貧弱的中國文藝園地裏的一朵奇花。那裏面精煉的字句和形式，作者個性和人生真實經驗的表現，人間苦悶的象徵，希望幻滅的悲哀，以及黑而可怖的幻景，使之想起散詩的鼻祖波德萊爾和他一卷精湛美麗的《散文小詩》來。只覺得它的

美，但說不出它的所以為美。雖然有人說展開《野草》一書，便覺冷氣逼人，陰森森如入古道，而且目為人生詛咒論；但這正如波德萊爾的詩集《惡之花》一樣是不適合於少年與矇昧者的誦讀，但是明智的讀者卻能從這裏得到真正希有的力量。

現代詩人瘂弦：《野草》的問世，為中國新文學中從未有過的散文詩立下範式，可惜後來者從之不多，未能使此一新興的詩體得到進一步發展。

北京大學中文系主任孫玉石：《野草》有如《吶喊》、《彷徨》那些敘事書寫作品所沒有的幽深性、神秘性和永久性，它在整體上有一種難以破解而又可以永遠引人沉思的藝術美的魅力。

香港中文大學教授李歐梵：個人雜感的詩意的變體。

近代評論家夏濟安：「萌芽中的真正的詩；浸透着強烈的情感力度的形象，幽暗的閃光和奇異的線條時而流動時而

停頓，正像熔化的金屬尚未找到一個模子。

北京大學博士生導師錢理羣：幸而有這一部《野草》，還能夠多多少少走進魯迅的內心世界，能夠看到魯迅靈魂的真和深。所以《野草》是一部相對真實地揭示魯迅個人存在的作品，多多少少揭示了魯迅個人的真實生命狀態和真實話語的存在。

同濟大學魯迅研究中心主任張閎：《野草》是詩，但迄今為止卻還沒有被真正當作詩來閱讀。而嚴格意義上的詩學解讀，應服從作品的詩學本質及詩學研究本身的規定性。

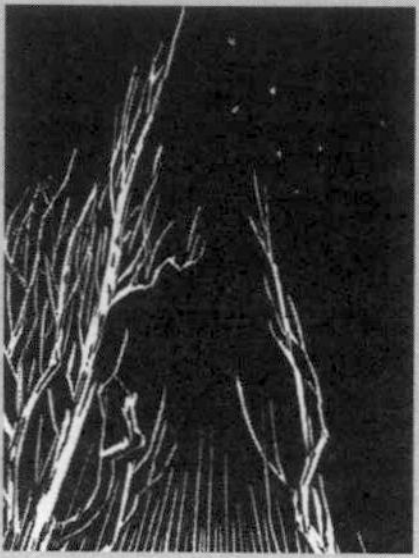

目錄

野草

題辭

當我沉默著的時候，我覺得充實；我將開口，同時感到空虛。

過去的生命已經死亡。我對於這死亡有大歡喜，因為我借此知道它曾經存活。死亡的生命已經朽腐。我對於這朽腐有大歡喜，因為我借此知道它還非空虛。

生命的泥委棄在地面上，不生喬木，只生野草，這是我的罪過。

野草，根本不深，花葉不美，然而吸取露，吸取水，吸取陳死人的血和肉，各各奪取它的生存。當生存時，還是將

遭踐踏，將遭刪刈，直至於死亡而朽腐。

但我坦然，欣然。我將大笑，我將歌唱。

我自愛我的野草，但我憎惡這以野草作裝飾的地面。

地火在地下運行，奔突；熔岩一旦噴出，將燒盡一切野草，以及喬木，於是並且無可朽腐。

但我坦然，欣然。我將大笑，我將歌唱。

天地有如此靜穆，我不能大笑而且歌唱。天地即不如此靜穆，我或者也將不能。我以這一叢野草，在明與暗，生與死，過去與未來之際，獻於友與仇，人與獸，愛者與不愛者之前作證。

為我自己，為友與仇，人與獸，愛者與不愛者，我希望這野草的死亡與朽腐，火速到來。要不然，我先就未曾生存，這實在比死亡與朽腐更其不幸。

去罷，野草，連著我的題辭！

一九二七年四月二十六

魯迅記於廣州之白雲樓上

名家‧解讀

這種詩的結晶在《野草》裏「達到了那高峰」。

《野草》被稱為散文詩，是很恰當的。《題辭》裏說：

「過去的生命已經死亡。」

又說：「我自愛我的野草，但我憎惡這以野草作裝飾的地面。地火在地下運行，奔突；溶岩一旦噴出，將燒盡一切野草，以及喬木，於是並且無可朽腐。」

又說：「我以這一叢野草，在明與暗，生與死，過去與未來之際，獻於友與仇，人與獸，愛者與不愛者之前作證。」

最後是：「去罷，野草，連著我的題辭！」

這寫在一九二七年，正是大革命的時代。他徹底的否定，「過去的生命」連自己的《野草》，連著這《題辭》也否定了，但是並不否定他自己，他「希望」地下的火速噴出，燒盡過去的一切；他「希望」的是中國的新生，在《野草》裏比在《狂人日記》裏更多的用了象徵，用了重疊，來「凝結」，來強調他的聲音，這是詩。

他一面否定，一面希望，一面在戰鬥著。

——朱自清《魯迅先生的雜感》

秋夜

在我的後園，可以看見牆外有兩株樹，一株是棗樹，還有一株也是棗樹。

這上面的夜的天空，奇怪而高，我生平沒有見過這樣的奇怪而高的天空。他彷彿要離開人間而去，使人們仰面不再看見。然而現在卻非常之藍，閃閃地著幾十個星星的眼，冷眼。他的口角上現出微笑，似乎自以為大有深意，而將繁霜灑在我的園裏的野花草上。

我不知道那些花草真叫什麼名字，人們叫他們什麼名字。我記得有一種開過極細小的粉紅花，現在還開著，但是

更極細小了，她在冷的夜氣中，瑟縮地做夢，夢見春的到來，夢見秋的到來，夢見瘦的詩人將眼淚擦在她最末的花瓣上，告訴她秋雖然來，冬雖然來，而此後接著還是春，蝴蝶亂飛，蜜蜂都唱起春詞來了。她於是一笑，雖然顏色凍得紅慘慘地，仍然瑟縮著。

棗樹，他們簡直落盡了葉子。先前，還有一兩個孩子來打他們別人打剩的棗子，現在是一個也不剩了，連葉子也落盡了。他知道小粉紅花的夢，秋後要有春；他也知道落葉的夢，春後還是秋。他簡直落盡葉子，單剩幹子，然而脫了當初滿樹是果實和葉子時候的弧形，欠伸得很舒服。

但是，有幾枝還低椏著，護定他從打棗的竿梢所得的皮傷，而最直最長的幾枝，卻已默默地鐵似的直刺著奇怪而高的天空，使天空閃閃地鬼眼；直刺著天空中圓滿的月亮，使月亮窘得發白。

鬼眼的天空越加非常之藍，不安了，彷彿想離去人間，避開棗樹，只將月亮剩下。然而月亮也暗暗地躲到東邊去了。而一無所有的幹子，卻仍然默默地鐵似的直刺著奇怪而高的天空，一意要制他的死命，不管他各式各樣地著許多蠱惑的眼睛。

哇的一聲，夜遊的惡鳥飛過了。

我忽而聽到夜半的笑聲，吃吃地，似乎不願意驚動睡著的人，然而四圍的空氣都應和著笑。夜半，沒有別的人，我即刻聽出這聲音就在我嘴裏，我也即刻被這笑聲所驅逐，回進自己的房。燈火的帶子也即刻被我旋高了。

後窗的玻璃上丁丁地響，還有許多小飛蟲亂撞。不多久，幾個進來了，許是從窗紙的破孔進來的。他們一進來，又在玻璃的燈罩上撞得丁丁地響。一個從上面撞進去了，他於是遇到火，而且我以為這火是真的。兩三個卻休息在燈的紙罩上喘氣。那罩是昨晚新換的罩，雪白的紙，折出波浪紋的疊痕，一角還畫出一枝猩紅色的梔子。

猩紅的梔子開花時，棗樹又要做小粉紅花的夢，青蔥地彎成弧形了……。我又聽到夜半的笑聲；我趕緊砍斷我的心緒，看那老在白紙罩上的小青蟲，頭大尾小，向日葵子似的，只有半粒小麥那麼大，遍身的顏色蒼翠得可愛，可憐。

我打一個呵欠，點起一支紙煙，噴出煙來，對著燈默默地敬奠這些蒼翠精緻的英雄們。

一九二四年九月十五日

名家·解讀

在散文詩《秋夜》中，作者也同樣運用了許多象徵的手法。他寫出「奇怪而高」的秋夜的天空，初初看來，你會認為這是景物描寫。——當然，這也不能說不是景物的描寫。但也因為他在景物描寫上的逼真，因而象徵的意義才有所附麗，才顯得深遠；因而也顯得是不同尋常的景物描寫。這是通過作者主觀的頭腦的曲折的反映，形成作者自己獨特的風格，賦予個人人格意義的作品。不然的話，又將怎樣解釋「他（這奇怪而高的天空）彷彿要離開人間而去，使人們仰面不再看見」？怎樣解釋：「現在卻非常之藍，閃閃地著幾十個星星的眼，冷眼」和「他的口角上現出微笑，似乎自以為大有深意，而將繁霜灑在我的園裏的野花草上」呢？這裏的確有著對當時客觀景物的實際感受，也有著修辭上擬人手法的運用，但在同時，卻也說明，這已經不是單純的景物描

寫，而是滲透作者主觀的感受或者塗抹上作者的主觀情緒，而賦予作者個人的人格意義了。

假使我們能夠讓自己的想像馳騁得更遠一些，那麼，這個肅殺的秋夜，這個鬼眼的非常之藍的夜空，竟然要自以為大有深意似的將繁霜灑在園裏的野花草上，這不就是所謂肅殺的秋天或「凜秋」嗎？在「凜秋」中，自然界的生物，特別是園裏那些野花草們，能不感到肅殺的氣象嗎？假使我們的想像馳騁得更遠一些，我們的同情竟然落在那些在冷的夜氣中極細小的粉紅花這一面，或者自己的精神竟然化入這些極細小的粉紅花的人格中，那麼，這些在冷的夜氣中打起精神開著極細小的花，但又在瑟縮地做夢的小粉紅花的心情，將引起我們一些什麼樣的聯想呢？

——許傑《〈野草〉精神試論》

影的告別

人睡到不知道時候的時候，就會有影來告別，說出那些話——

有我所不樂意的在天堂裏，我不願去；有我所不樂意的在地獄裏，我不願去；有我所不樂意的在你們將來的黃金世界裏，我不願去。

然而你就是我所不樂意的。

朋友，我不想跟隨你了，我不願住。

我不願意！

嗚呼嗚呼，我不願意，我不如彷徨於無地。

我不過一個影，要別你而沉沒在黑暗裏了。然而黑暗又會吞併我，然而光明又會使我消失。

然而我不願彷徨於明暗之間，我不如在黑暗裏沉沒。

然而我終於彷徨於明暗之間，我不知道是黃昏還是黎明。我姑且舉灰黑的手裝作喝乾一杯酒，我將在不知道時候的時候獨自遠行。

嗚呼嗚呼，倘是黃昏，黑夜自然會來沉沒我，否則我要被白天消失，如果現是黎明。

朋友，時候近了。

我將向黑暗裏彷徨於無地。

你還想我的贈品。我能獻你甚麼呢？無已，則仍是黑暗和虛空而已。但是，我願意只是黑暗，或者會消失於你的白天；我願意只是虛空，決不占你的心地。

我願意這樣，朋友——

我獨自遠行，不但沒有你，並且再沒有別的影在黑暗裏。只有我被黑暗沉沒，那世界全屬於我自己。

一九二四年九月二十四日

名家．解讀

《影的告別》的造意，全詩也就體現了這個意境。這是把這樣的矛盾衝突與苦悶的心情，推到矛盾衝突最類端的形象的說明。在這作品中，影，究竟隱喻什麼，象徵什麼？形，又是隱喻什麼，象徵什麼？這可暫時不去討論。不過，從「形影相隨」或形影永不分離等語詞設想，聯想到魯迅時常說的「解剖自己並不比解剖別人留情面」的話，設想著這從形分離出來，又向形告別的影，是代表或隱喻理想的我，而形，則是代表或隱喻現實的我，這樣解釋，大概還不算勉強吧。

影之所以向形告別他去，其理由，散文詩中已經說得清楚。——因為「有我（影）所不樂意的在天堂裏」，「在地獄裏」或在「你們將來的黃金世界裏」，我都「不願去」，而「你形也是我所不樂意的」，所以「不想跟隨你了」，也「不願住」了，要告別而他去了。——這是不值得怎樣深究的。

至於為什麼連「天堂」，連「你們將來的黃金世界」，都不願意去？——當然，不願意跟你到地獄裏去，這是可以理解的。——可能有那種解釋，那就是：一，厭惡之心深，求去之心切；二，即使是「天堂」、是「你們將來的黃金世界」，還可能有缺點，不便任意預約，或者還該加上一個引號，值得懷疑。——這樣的解釋，我想都是可以的。這裏的問題，卻是告別了形以後的影，究竟到哪裡去的問題。

這問題提的非常形象，矛盾衝突也非常尖銳，卻又非常富於詩意。「我不過一個影」，——矛盾的性質，決定於矛盾的本身；如今要別你而去了，但是，究竟到哪裡去呢？如果到黑暗裏去吧，「黑暗又會吞併了我」；如果到光明中去吧，「然而光明會使我消失」。這處境就有困難了。那麼，「我」還不如「彷徨於明暗之間」吧，然而「我又不願意彷徨於明暗之間。而且，即使願意彷徨於明暗之間吧，但這明暗之間的現在，又不知是什麼時候？倘是黃昏，則轉眼之間，黑夜來臨」，「黑夜自然會來沉沒我」；如果是在黎明，那麼，轉眼白天來到，「我」又「要被白天消滅」。這樣的進退兩難，矛盾衝突，真使人彷徨於「無地」了。

應該肯定，魯迅從正視現實出發，從客觀事物的本身中發現了矛盾，又能從矛盾中觀察事物，分析事物，這已達到辯證法的高度。但同時也應該指明，他還沒有達到唯物辯證法的高度。

在自然界中，「秋後要有春」，而「春後還是秋」，固然是事實；便給它賦予以象徵或隱喻的意義，同樣應用於人

類社會，卻又並不完全適合。魯迅之所以運用自然現象的矛盾，來象徵或隱喻社會現象的矛盾，從而透露出他當時內在心理的矛盾與苦悶，這是和他當時的世界觀分不開的。

——許傑《〈野草〉精神試論》

求乞者

我順著剝落的高牆走路，踏著松的灰土。另外有幾個人，各自走路。微風起來，露在牆頭的高樹的枝條帶著還未乾枯的葉子在我頭上搖動。

微風起來，四面都是灰土。

一個孩子向我求乞，也穿著夾衣，也不見得悲戚，而攔著磕頭，追著哀呼。

我厭惡他的聲調，態度。我憎惡他並不悲哀，近於兒戲；我煩膩他這追著哀呼。

我走路。另外有幾個人各自走路。微風起來，四面都是

灰土。

一個孩子向我求乞，也穿著夾衣，也不見得悲戚，但是啞的，攤開手，裝著手勢。

我就憎惡他這手勢。而且，他或者並不啞，這不過是一種求乞的法子。

我不佈施，我無佈施心，我但居佈施者之上，給與煩膩，疑心，憎惡。

我順著倒敗的泥牆走路，斷磚疊在牆缺口，牆裏面沒有什麼。微風起來，送秋寒穿透我的夾衣；四面都是灰土。

我想著我將用什麼方法求乞：發聲，用怎樣聲調？裝啞，用怎樣手勢？……

另外有幾個人各自走路。

我將得不到佈施，得不到佈施心；我將得到自居於佈施之上者的煩膩，疑心，憎惡。

我將用無所為和沉默求乞！……

我至少將得到虛無。

微風起來，四面都是灰土。另外有幾個人各自走路。

灰土，灰土，……

…………

灰土……

一九二四年九月二十四日

名家．解讀

讀這一篇，首先感受到的是無所不在的「灰土」——灰土彌漫整個空間，堵塞你的心，甚至要滲透到你的靈魂。這便是一種「灰土感」：生命的單調、沉重與窒息。

「灰土」之外是「牆」——

這象徵著人與人之間的相互隔膜，這心靈的隔絕不僅是社會、歷史的，更是人類本身的，人於是永遠「各自走路」。

於是，就有了「求乞」與「拒絕佈施」——

顯然，這裏的「求乞」和「佈施」是帶有象徵性的。我們可以把「佈施」理解為溫暖、同情、憐憫、慈愛的象徵，人們總是祈求著別人對自己的同情與慈愛，也「給予」別人以同情與慈愛。這似乎是人的一種本能，但魯迅卻投以質疑的眼光：他要看看這背後隱蔽著什麼。……作為一個孤獨的精神界戰士，要保持思想和行動的絕對獨立和自由，就必須割斷一切感情上的牽連，包括溫情和愛，即不向人「求乞」，同時也拒絕一切「佈施」。……魯迅就這樣從「求乞」與「佈施」的背後，看到了依賴、依附與被依賴、被依附的關係。這確實是十分獨特而銳利的觀察。

將可能導致內心軟弱的心理欲術（如佈施、同情、憐憫之類）、情感聯繫（如「佈施心」）通通排除、割斷，鑄造一顆冰冷的鐵石之心，以加倍的惡（「煩膩、疑心、憎惡」）對惡，加倍的黑暗對付黑暗，在拒絕一切（「無所為與沉默」）中，在與對手同歸於盡中得到「復仇的」的快意。——我們又由此想起了《孤獨者》裏的魏連殳、《鑄劍》裏的「黑的人」。

——錢理群《反抗絕望：魯迅的哲學》

我的失戀

——語言的巧匠

我的所愛在山腰；
想去尋她山太高，
低頭無法淚沾袍。
愛人贈我百蝶巾；
回她什麼：貓頭鷹。
從此翻臉不理我，
不知何故兮使我心驚。

我的所愛在鬧市；

想去尋她人擁擠，
仰頭無法淚沾耳。
愛人贈我雙燕圖；
回她什麼：冰糖壺盧。
從此翻臉不理我，
不知何故兮使我糊塗。

我的所愛在河濱；
想去尋她河水深，
歪頭無法淚沾襟。
愛人贈我金表索；
回她什麼：發汗藥。
從此翻臉不理我，
不知何故兮使我神經衰弱。

我的失戀

我的所愛在豪家；
想去尋她兮沒有汽車，
搖頭無法淚如麻。
愛人贈我玫瑰花；
回她什麼：赤練蛇。
從此翻臉不理我，
不知何故兮——由她去罷。

一九二四年十月三日

名家・解讀

《我的失戀》是《野草》中惟一以詩的形式出現的一篇詩章。當時，有些青年不是積極地投身於方興未艾的人民革命鬥爭的浪潮，而是沉溺於個人戀愛的狹小天地裏。他們把戀愛看得至高無上，重於一切，似乎失戀就失去了生命，就沒有生存的必要；一旦失戀，他們就大作起「啊呀阿唷，我要死了」之類的無聊的失戀詩來。為了諷刺這種無聊的失戀詩的盛行，魯迅「故意做了一首用『由她去罷』收場的東西，開開玩笑」（《三閑集・我和〈語絲〉的始終》），給予譏刺。

《我的失戀》全詩共四節，作者選取了幾個求愛的典型事例，運用排比疊段的表現手法，從不同的角度概述了「我」失戀的原因和經過。幽默風趣，譏刺辛辣。

四節詩中，每節詩的前三句都寫「我」求愛之難。「山

腰」「鬧市」「河濱」「豪家」，這樣幾個富有典型意義的地點選擇，概括了「我」失戀之前的全部求愛生活。……

反覆渲染了「我」痛苦的心情和無能為力的苦衷，為下文寫「我」在失戀之後所受到的刺激埋下了伏筆。

每節詩的後四句都是寫「我」失戀的經過，原因和失戀之後的痛苦、煩惱、抉擇。許壽裳《魯迅的遊戲文章》裏說：「這詩挖苦當時那些『阿唷！我活不了，失了主宰了！』之類的失戀詩的盛行，……閱讀者多以為信口胡謅，覺得有趣而已；殊不知貓頭鷹是他自己鍾愛的，冰糖壺蘆是愛吃的，發汗藥是常用的，赤練蛇也是愛看的。還是一本正經，沒有什麼做作。」這正是理解詩中贈物的注腳。

失戀之後怎麼辦？是繼續沉溺於這種纏綿悱惻的戀愛的糾葛之中永不清醒，貽誤一生，還是儘快地斬斷溫情脈脈、牽腸掛肚的情絲，開始新的、更有意義的生活？是每個失戀者都必須回答的問題。魯迅用「由她去罷」一句作結，完全否定了那種「只為了愛——盲目的愛，而將別的人生的要義全盤疏忽了」（《彷徨・傷逝》）的愛，指明了失戀之後所應取的態度。同時又給那些哼著「啊呀阿唷，我要死了」的失戀詩的失戀者以辛辣的諷刺。

擬古而又不落俗套，詼諧而無戲謔之嫌，是這首打油詩的一大特色。

——徐家昌《讀〈我的失戀〉》

復仇

人的皮膚之厚，大概不到半分，鮮紅的熱血，就循著那後面，在比密密層層地爬在牆壁上的槐蠶更其密的血管裏奔流，散出溫熱。於是各以這溫熱互相蠱惑，煽動，牽引，拼命地希求偎倚，接吻，擁抱，以得生命的沉酣的大歡喜。

但倘若用一柄尖銳的利刃，只一擊，穿透這桃紅色的，菲薄的皮膚，將見那鮮紅的熱血激箭似的以所有溫熱直接灌溉殺戮者；其次，則給以冰冷的呼吸，示以淡白的嘴唇，使之人性茫然，得到生命的飛揚的極致的大歡喜；而其自身，則永遠沉浸於生命的飛揚的極致的大歡喜中。

這樣，所以，有他們倆裸著全身，捏著利刃，對立於廣漠的曠野之上。

他們倆將要擁抱，將要殺戮……

路人們從四面奔來，密密層層地，如槐蠶爬上牆壁，如螞蟻要扛鮝頭。衣服都漂亮，手倒空的。然而從四面奔來，而且拼命地伸長脖子，要賞鑒這擁抱或殺戮。他們已經預覺著事後的自己的舌上的汗或血的鮮味。

然而他們倆對立著，在廣漠的曠野之上，裸著全身，捏著利刃，然而也不擁抱，也不殺戮，而且也不見有擁抱或殺戮之意。

他們倆這樣地至於永久，圓活的身體，已將乾枯，然而毫不見有擁抱或殺戮之意。

路人們於是乎無聊；覺得有無聊鑽進他們的毛孔，覺得有無聊從他們自己的心中由毛孔鑽出，爬滿曠野，又鑽進別人的毛孔中。他們於是覺得喉舌乾燥，脖子也乏了；終至於面面相覷，慢慢走散；甚而至於居然覺得乾枯到失了生趣。

於是，只剩下廣漠的曠野，而他們倆在其間裸著全身，捏著利刃，乾枯地立著；以死人似的眼光，賞鑒這路人們的乾枯，無血的大戮，而永遠沉浸於生命的飛揚的極致的大歡喜中。

一九二四年十二月二十日

名家‧解讀

憎惡無聊的旁觀的看客，使他們「無戲可看」，以此作為「療救」，是這篇散文詩所要表現的主題。它切中當時的時弊，具有積極意義。

這是一首抒情性散文詩。但在作品中，作者的感情卻是比較內藏的，通篇沒有直抒胸臆的抒發；它呈現在讀者面前

的，是這樣一幅觸目驚心的圖畫，出現在這幅畫面上的是如此對立的形象：

一方是「他們倆」，熱血奔流的一男一女，「裸著全身，捏著利刃，對立於廣漠曠野之上」，然而卻毫無動作，既不擁抱，也不殺戮，「而且也不見有擁抱或殺戮之意」；於是，他們圓活的身體已將乾枯，並以死人似的眼光，賞鑒「路人們」的乾枯，「而永遠沉浸於生命的飛揚的極致的大歡喜中」；

另一方是「路人們」，一群無聊的圍觀者，從四面奔來，密密層層，賞鑒「他們倆」即將進行的擁抱或殺戮，並且「已經預覺著事後的自己的舌上的汗或血的鮮味」；然而，他們終於看不成戲，於是陷於極度的無聊，「覺得乾枯到失了生趣」，而至於「無血的大戮」。

不難發現，對於這兩類人物，作者的愛憎是分明的。對前者，意在讚美，例如：「他們倆」周身有熱血在奔流，散

出溫熱；他們有愛有恨，敢愛敢恨；他們寧願自己乾枯，也要「療救」路人，而對於自己「生命的飛揚」，卻欣然沉浸於「極致的大歡喜」。這是只有覺醒的戰士才會具有的品格。對後者，語多批判，「路人們」那「如槐蠶爬上牆壁，如螞蟻要扛鯗頭」的形象，「拼命地伸長脖子」的動作，「覺得有無聊鑽進他們的毛孔，覺得有無聊從他們自己的心中由毛孔鑽出，爬滿曠野，又鑽進別人的毛孔中」的描寫，都入木三分地揭出他們麻木、愚昧、可鄙的心理狀態和精神面貌。就這樣，作者通過這兩類人物的相貌、神情、心理及他們之間的關係，表明自己的是非、愛憎、好惡，寓情於景，不言情而情自現。甚至，「復仇」這個主題，作者也沒有直接點出，而僅僅在作品的最後通過「他們倆」的「賞鑒」作了含蓄的形象的暗示。

　　這篇作品，不僅藝術上值得借鑒，而且對於研究魯迅的思想發展來說，具有一定的史料價值。我以為，作者在作品裏對群眾精神麻木的批判，只是針對當時社會上的一部分群眾，即那些「衣服都漂亮，手倒空的」一類人；在舊中國，這類人大都屬於不愁生計、有閑無聊的小康，作者對他們的態度與對閏土們的態度顯然是有區別的。同時，作者在批判中不自覺地流露出的對蘊藏在群眾中的革命性認識不足的偏見，在他成為共產主義者之後已有所修正，他後來談到這篇作品時，曾經說過，所謂「復仇」，「此亦不過憤激之談，該二人或相愛，或相殺，還是照所欲而行的為是。」（《魯迅書信集．致鄭振鐸》）我們在學習本文時，不能不注意這些方面。

——石明輝《讀〈復仇〉》

復仇
其二

因為他自以為神之子，以色列的王，所以去釘十字架。

兵丁們給他穿上紫袍，戴上荊冠，慶賀他；又拿一根葦子打他的頭，吐他，屈膝拜他；戲弄完了，就給他脫了紫袍，仍穿他自己的衣服。

看哪，他們打他的頭，吐他，拜他……

他不肯喝那用沒藥調和的酒，要分明地玩味以色列人怎樣對付他們的神之子，而且較永久地悲憫他們的前途，然而仇恨他們的現在。

四面都是敵意，可悲憫的，可咒詛的。

丁丁地響，釘尖從掌心穿透，他們要釘殺他們的神之子了，可憫的人們呵，使他痛得柔和。丁丁地響，釘尖從腳背穿透，釘碎了一塊骨，痛楚也透到心髓中，然而他們自己釘殺著他們的神之子了，可咒詛的人們呵，這使他痛得舒服。

十字架豎起來了；他懸在虛空中。

他沒有喝那用沒藥調和的酒，要分明地玩味以色列人怎樣對付他們的神之子，而且較永久地悲憫他們的前途，然而仇恨他們的現在。

路人都辱罵他，祭司長和文士也戲弄他，和他同釘的兩個強盜也譏誚他。

看哪，和他同釘的……

四面都是敵意，可悲憫的，可咒詛的。

他在手足的痛楚中，玩味著可憫的人們的釘殺神之子的悲哀和可咒詛的人們要釘殺神之子，而神之子就要被釘殺了的歡喜。突然間，碎骨的大痛楚透到心髓了，他即沉酣於大歡喜和大悲憫中。

他腹部波動了，悲憫和咒詛的痛楚的波。

遍地都黑暗了。

「以羅伊，以羅伊，拉馬撒巴各大尼？！」（翻出來，就是：我的上帝，你為甚麼離棄我？！）

上帝離棄了他，他終於還是一個「人之子」；然而以色列人連「人之子」都釘殺了。

釘殺了「人之子」的人們身上，比釘殺了「神之子」的尤其血污，血腥。

一九二四年十二月二十日

名家·解讀

本文通過對耶穌蒙難的悲劇的描寫，批判部分群眾精神痲木程度之深。應該說，這一主題和題材，早就有了。作者在一九一九年寫的《暴君的臣民》中說過：「暴君治下的臣民，大抵比暴君更暴」，「中國不要提了罷。在外國舉一個例：……大事件則如巡撫想放耶穌，眾人卻要求將他釘上十字架。」

魯迅在塑造耶穌形象時，沒有拘泥於聖經的記載，而是根據主題思想的需要，有所突破和創造。這，成為作品寫作上的一個顯著特色，它集中地表現在如下兩個方面。

其一，突出耶穌的「人之子」形象。聖經裏的耶穌，原是上帝的兒子，即所謂「神之子」；為救贖人類，降世為人，所以又自稱為「人之子」。對於這樣一個具有「神」和

「人」的雙重身份的宗教色彩很濃的人物，作者雖然沒有否定他的「神之子」（如在作品開頭就已點出），然而卻特別強調：「上帝離棄了他，他終於還是一個『人之子』」。作為「人之子」的耶穌，為了把自己的同胞從羅馬帝國和本地奴隸主階級的壓迫下解放出來，他進行過艱苦卓絕的鬥爭，並隨時準備獻出自己的生命。但是，他的高尚的理想和偉大的行動，卻不被自己的同胞所理解，甚至遭到無恥的侮辱，「兵丁們」打他、戲弄他，「路人」們辱罵他，「同釘的兩個強盜」也譏誚他。他們「拿『殘酷』做娛樂，拿『他人的苦』做賞玩，做慰安」（《熱風・暴君的臣民》）。這是多麼觸目驚心的現實！作者愈是突出耶穌的「人之子」，就愈能揭露「同胞」們的可悲和可鄙，以至在文章的最後作了這樣的憤怒的譴責：「釘殺了『人之子』的人們的身上，比釘殺了『神之子』的尤其血污，血腥。」顯然，這一揭露有力地加強了作品的主題。

其二，集中刻畫耶穌的「復仇」心理。在聖經裏，耶穌被釘十字架一節只有簡單的故事敘述，到了作品裏，作者增添了耶穌許多「復仇」心理的描寫。他面對著死亡，卻臨危不懼，表現了一種清醒的戰鬥精神，他沒有恐懼，視死如歸，「痛得柔和」；「釘尖從腳背穿透」，他沒有悲傷，處之泰然，「痛得舒服」，「大痛楚透到心髓了」，他「玩味」著釘殺者的「悲哀」和被釘殺者的「歡喜」，最後「沉酣於大歡喜和大悲憫中」，向著他的安於奴隸命運的「可悲憫」和「可咒詛」的同胞「復」了「仇」。這些細膩的心理描寫，成功地塑造了一個孤獨寂寞的社會改革者的形象。

——石明輝《讀〈復仇（其二）〉》

希望

我的心分外地寂寞。

然而我的心很平安：沒有愛憎，沒有哀樂，也沒有顏色和聲音。

我大概老了。我的頭髮已經蒼白，不是很明白的事麼？我的手顫抖著，不是很明白的事麼？那麼我的靈魂的手一定也顫抖著，頭髮也一定蒼白了。

然而這是許多年前的事了。

這以前，我的心也曾充滿過血腥的歌聲：血和鐵，火焰和毒，恢復和報仇。而忽然這些都空虛了，但有時故意地填以沒奈何的自欺的希望。希望，希望，用這希望的盾，抗拒那空虛中的暗夜的襲來，雖然盾後面也依然是空虛中的暗夜。然而就是如此，陸續地耗盡了我的青春。我早先豈不知我的青春已經逝去了？但以為身外的青春固在：星，月光，僵墜的蝴蝶，暗中的花，貓頭鷹的不祥之言，杜鵑的啼血，笑的渺茫，愛的翔舞……。雖然是悲涼漂渺的青春罷，然而究竟是青春。然而現在何以如此寂寞？難道連身外的青春也都逝去，世上的青年也多衰老了麼？

我只得由我來肉薄這空虛中的暗夜了。我放下了希望之盾，我聽到Petfi Sndor（一八二三～四九）的「希望」之歌：希望是甚麼？是娼妓：

她對誰都蠱惑，將一切都獻給；

待你犧牲了極多的寶貝——你的青春——她就拋棄你。

這偉大的抒情詩人，匈牙利的愛國者，為了祖國而死在可薩克兵的矛尖上，已經七十五年了。悲哉死也，然而更可

悲的是他的詩至今沒有死。

但是，可慘的人生！桀驁英勇如Petfi，也終於對了暗夜止步，回顧茫茫的東方了。他說：

絕望之為虛妄，正與希望相同。

倘使我還得偷生在不明不暗的這「虛妄」中，我就還要尋求那逝去的悲涼漂渺的青春，但不妨在我的身外。因為身外的青春倘一消滅，我身中的遲暮也即凋零了。

然而現在沒有星和月光，沒有僵墜的蝴蝶以至笑的渺茫，愛的翔舞。然而青年們很平安。

我只得由我來肉薄這空虛中的暗夜了，縱使尋不到身外的青春，也總得自己來一擲我身中的遲暮。但暗夜又在那裏呢？現在沒有星，沒有月光以至笑的渺茫和愛的翔舞；青年們很平安，而我的面前又竟至於並且沒有真的暗夜。

絕望之為虛妄，正與希望相同！

一九二五年一月一日

名家・解讀

《希望》寫於一九二五年元旦。一年之始，有望於新的一年，這是常有的事。魯迅後來說，「驚異於青年之消沉，作《希望》」。這是《希望》立意之所在。作《希望》是為了破除當時的寂寞，對青年作一番鼓舞和鞭策。魯迅同時也回顧了自己半生的追求，正像裴多菲「回顧著茫茫的東方」一樣，他也在展望黎明，尋求希望。

希望和青春是聯繫在一起的。魯迅對生活懷著熱烈的希望，在希望中「耗盡了我的青春」。青春耗盡，希望渺茫，周圍依然是暗夜。這時，他一面寄希望於後來的青年，一方面要親自同暗夜短兵相接。使他痛苦的是：「青年們很平安」。這裏的「平安」是「平安舊戰場」上的平安，也即寂寞和消沉。他寫道：「我只得由我來肉薄這空虛中的暗

希望

夜了，縱使尋不到身外的青春，也總得來一擲我身中的遲暮。」這詩句是多麼有力呵！惋惜、惆悵，又義無反顧。「肉薄」和「一擲」寫盡老戰士的氣魄。但「肉薄」的不過是「空虛中的暗夜」，而「一擲」的乃是「身中的遲暮」，這就給人愴然之感。

《希望》中響徹一個調子，就是「尋求那逝去的悲涼漂渺的青春，但不妨在我的身外」。這所謂「身外的青春」指何而言呢？有的解釋是：「青年們的進步言行。」我想，也許指生活中一切美好的、令人嚮往的、令人懷念的事物。這裏的「青春」是一個廣泛的象徵意義的概念。在魯迅沒能從當時的青年中找到足夠的「進步言行」時，暫把目光轉向過去，懷念那「逝去的悲涼漂渺的青春」。於是，他接連寫了以下的三篇，追求記憶中的美好的「青春」。

——李國濤《尋求那逝去的青春》

雪

暖國的雨，向來沒有變過冰冷的堅硬的燦爛的雪花。博識的人們覺得他單調，他自己也以為不幸否耶？江南的雪，可是滋潤美豔之至了；那是還在隱約著的青春的消息，是極壯健的處子的皮膚。雪野中有血紅的寶珠山茶，白中隱青的單瓣梅花，深黃的磬口的蠟梅花；雪下面還有冷綠的雜草。蝴蝶確乎沒有；蜜蜂是否來採山茶花和梅花的蜜，我可記不真切了。但我的眼前彷彿看見冬花開在雪野中，有許多蜜蜂們忙碌地飛著，也聽得他們嗡嗡地鬧著。

孩子們呵著凍得通紅，像紫芽薑一般的小手，七八個一

齊來塑雪羅漢。因為不成功，誰的父親也來幫忙了。羅漢就塑得比孩子們高得多，雖然不過是上小下大的一堆，終於分不清是壺蘆還是羅漢；然而很潔白，很明豔，以自身的滋潤相粘結，整個地閃閃地生光。孩子們用龍眼核給他做眼珠，又從誰的母親的脂粉奩中偷得胭脂來塗在嘴唇上。這回確是一個大阿羅漢了。他也就目光灼灼地嘴唇通紅地坐在雪地裏。

第二天還有幾個孩子來訪問他；對了他拍手，點頭，嘻笑。但他終於獨自坐著了。晴天又來消釋他的皮膚，寒夜又使他結一層冰，化作不透明的水晶模樣；連續的晴天又使他成為不知道算什麼，而嘴上的胭脂也褪盡了。

但是，朔方的雪花在紛飛之後，卻永遠如粉，如沙，他們決不粘連，撒在屋上，地上，枯草上，就是這樣。屋上的雪是早已就有消化了的，因為屋裏居人的火的溫熱。別的，在晴天之下，旋風忽來，便蓬勃地奮飛，在日光中燦燦地生

光，如包藏火焰的大霧，旋轉而且升騰，彌漫太空，使太空旋轉而且升騰地閃爍。

在無邊的曠野上，在凜冽的天宇下，閃閃地旋轉升騰著的是雨的精魂……

是的，那是孤獨的雪，是死掉的雨，是雨的精魂。

一九二五年一月十八日

名家．解讀

《雪》——這是對凝結的雨（水）的想像。

「暖國的雨，向來沒有變過冰冷的堅硬的燦爛的雪花。」——一開始就提出「雨」與「雪」的對立：「溫暖」與「冰冷」，「柔潤」與「堅硬」，在質地、氣質上存在著巨大的差異，因此，南國無雪。

但江南有雪。魯迅說它「滋潤美豔之至」。「潤」與「豔」裏都有水——魯迅用「青春的消息」與「處子的皮膚」來比喻，正是要喚起一種「水淋淋」的感覺。可以說是水的柔性滲入了堅硬的雪。於是「雪野」中就有了這樣的色彩：「血紅……白中隱青……深黃……冷綠」這都是用飽含著水的彩筆浸潤出的。而且還「彷彿看見」蜜蜂們忙碌地飛，「也聽得」嗡嗡地「鬧」，是活潑的生命，卻又在似見非見、似聽非聽之中，似有幾分朦朧。

而且還有雪羅漢。……真是美豔極了，也可愛極了。但「他終於獨自坐著了」。接著被「消釋」，被「（凍）結」，被「（冰）化」，以至風采「褪盡」。——這如水般美而柔弱的生命的消亡，令人惆悵。

但是，還有「朔方的雪花」在。

而且還有火：有「屋裏居人的火的溫熱」，更有「在日光中燦燦地生光，如包藏火焰的大霧」。

而且還有磅礴的生命運動——「旋轉……升騰……彌漫……閃爍……」，這是另一種動的、力的、壯闊的美，完全不同於終於消亡了的江南雪的「滋潤美豔」。

這又是魯迅式的發現：「雪」與「雨」（水）是根本相通的；那江南「死掉的雨」，消亡的生命，他的「精魂」已經轉化成朔方的「孤獨的雪」，在那裏——無邊的曠野上，凜冽的天宇下，閃閃地旋轉而且升騰……

我們也分明感到，這旋轉而升騰的，也是魯迅的精魂……

這確實是一個僅屬於魯迅的「新穎的形象」：全篇幾乎無一字寫到水，卻處處有水；而且包含著他對宇宙基本元素的獨特把握與想像；不僅「雪」與「雨」（水）相通，而且「雪」與「火」、「土」之間，也存在著生命的相通。

——錢理群《對宇宙基本元素的個性化想像》

風箏

北京的冬季，地上還有積雪，灰黑色的禿樹枝丫叉於晴朗的天空中，而遠處有一二風箏浮動，在我是一種驚異和悲哀。

故鄉的風箏時節，是春二月，倘聽到沙沙的風輪聲，仰頭便能看見一個淡墨色的蟹風箏或嫩藍色的蜈蚣風箏。還有寂寞的瓦片風箏，沒有風輪，又放得很低，伶仃地顯出憔悴可憐模樣。但此時地上的楊柳已經發芽，早的山桃也多吐蕾，和孩子們的天上的點綴相照應，打成一片春日的溫和。

我現在在哪裡呢？四面都還是嚴冬的肅殺，而久經訣別

的故鄉的久經逝去的春天，卻就在這天空中蕩漾了。

但我是向來不愛放風箏的，不但不愛，並且嫌惡它，因為我以為這是沒出息孩子所做的玩藝。和我相反的是我的小兄弟，他那時大概十歲內外罷，多病，瘦得不堪，然而最喜歡風箏，自己買不起，我又不許放，他只得張著小嘴，呆看著空中出神，有時至於小半日。遠處的蟹風箏突然落下來了，他驚呼；兩個瓦片風箏的纏繞解開了，他高興得跳躍。他的這些，在我看來都是笑柄，可鄙的。

有一天，我忽然想起，似乎多日不很看見他了，但記得曾見他在後園拾枯竹。我恍然大悟似的，便跑向少有人去的一間堆積雜物的小屋去，推開門，果然就在塵封的什物堆中發見了他。他向著大方凳，坐在小凳上；便很驚惶地站了起來，失了色瑟縮著。大方凳旁靠著一個蝴蝶風箏的竹骨，還沒有糊上紙，凳上是一對做眼睛用的小風輪，正用紅紙條裝飾著，將要完工了。我在破獲秘密的滿足中，又很憤怒他的

瞞了我的眼睛，這樣苦心孤詣地來偷做沒出息孩子的玩藝。我即刻伸手折斷了蝴蝶的一支翅骨，又將風輪擲在地下，踏扁了。論長幼，論力氣，他是都敵不過我的，我當然得到完全的勝利，於是傲然走出，留他絕望地站在小屋裏。後來他怎樣，我不知道，也沒有留心。

然而我的懲罰終於輪到了，在我們離別得很久之後，我已經是中年。我不幸偶而看到了一本外國的講論兒童的書，才知道遊戲是兒童最正當的行為，玩具是兒童的天使。於是二十年來毫不憶及的幼小時候對於精神的虐殺的這一幕，忽地在眼前展開，而我的心也彷彿同時變了鉛塊，很重很重的墮下去了。

但心又不竟墮下去而至於斷絕，它只是很重很重地墮著，墮著。

我也知道補過的方法的：送他風箏，贊成他放，勸他放，我和他一同放。我們嚷著，跑著，笑著——然而他其時

已經和我一樣，早已有了鬍子了。

我也知道還有一個補過的方法的：去討他的寬恕，等他說，「我可是毫不怪你呵。」那麼，我的心一定就輕鬆了，這確是一個可行的方法。有一回，我們會面的時候，是臉上都已添刻了許多「生」的辛苦的條紋，而我的心很沉重。我們漸漸談起兒時的舊事來，我便敘述到這一節，自說少年時代的糊塗。「我可是毫不怪你呵。」我想，他要說了，我即刻便受了寬恕，我的心從此也寬鬆了罷。

「有過這樣的事麼？」他驚異地笑著說，就像旁聽著別人的故事一樣。他什麼也不記得了。

全然忘卻，毫無怨恨，又有什麼寬恕之可言呢？無怨的恕，說謊罷了。

我還能希求什麼呢？我的心只得沉重著。

現在，故鄉的春天又在這異地的空中了，既給我久經逝去的兒時的回憶，而一併也帶著無可把握的悲哀。我倒不如

躲到肅殺的嚴冬中去罷，——但是，四面又明明是嚴冬，正給我非常的寒威和冷氣。

一九二五年一月二十四日

名家．解讀

《風箏》是我自以為少年時代就讀得「懂」的。哥哥毀壞了弟弟的風箏，等到成年以後，去向弟弟道歉，弟弟卻驚異地反問：「有過這樣的事嗎？」這個取材於童年生活的故事一下子就攫住了我的心，以致壓得我好幾天喘不過氣來。

「現在，故鄉的春天又在這異地的空中了，既給我久經逝去的兒時的回憶，而一併也帶著無可把握的悲哀……」

《風箏》的這個結尾，就是反覆讀了許多遍，以至可以背誦下來的。好像魯迅的小說《祝福》、《故鄉》、《傷逝》等的結尾一樣，不但蘊含雋永，而且富於音樂感，吟誦起來叫人耳聞天籟。

這種北方的春天的悲哀深深打動了我。少年的我讀《風箏》的時候，也聯想到了自己：我竟無待乎「哥哥」的踐踏！我壓根兒就沒有放過風箏！小時候營養不良，身體不好，住在北京的窄小的胡同裏，到哪裡去放風箏？再說我也買不起風箏，也不會製作風箏，也不會放風箏。我沒有童年！這個思想深深地壓迫著我，我想抗議，我想鬥爭，當我走向革命的時候，我是有過這樣的動機的：為了讓每個孩子得到童年，為了讓每個孩子放起屬於自己的風箏！

果然，下一代人就幸福多了。一九六五年到一九七二年，我在伊犁住著。在那個期間，我的二兒子是五至十二歲。在我的心目中，他就是風箏工藝和遊戲的大匠了！當他把自製的「屁股簾兒」（大概就是魯迅所說識的「瓦片風箏」吧）放到空中，而且明顯超過了其他同伴放起的高度的

時候，我也仰著頭去覷望了。我這一代未能實現的願望，總算由下一代實現了，我感到無比的痛快、舒展，好像我的心也隨著那「屁股簾兒」升上了藍天，而與成群的白鴿相頡頏了。

風箏是這樣地牽動過我的情感。也許，這正是原因之一，使我在去年的一篇小說裏，用「風箏」、「風箏飄帶」、「屁股簾兒」，寄託了我的年輕的主人公的那麼多懷念和嚮往。

——王蒙《我願多寫點好的故事》

好的故事

燈火漸漸地縮小了，在預告石油的已經不多；石油又不是老牌，早熏得燈罩很昏暗。鞭爆的繁響在四近，煙草的煙霧在身邊：是昏沉的夜。

我閉了眼睛，向後一仰，靠在椅背上；捏著《初學記》的手擱在膝髁上。

我在朦朧中，看見一個好的故事。

這故事很美麗，幽雅，有趣。許多美的人和美的事，錯綜起來像一天雲錦，而且萬顆奔星似的飛動著，同時又展開去，以至於無窮。

我彷彿記得曾坐小船經過山陰道，兩岸邊的烏　，新禾，野花，雞，狗，叢樹和枯樹，茅屋，塔，伽藍，農夫和村婦，村女，曬著的衣裳，和尚，蓑笠，天，雲，竹，……都倒影在澄碧的小河中，隨著每一打槳，各各夾帶了閃爍的日光，並水裏的萍藻游魚，一同蕩漾。諸影諸物，無不解散，而且搖動，擴大，互相融和；剛一融和，卻又退縮，復近於原形。邊緣都參差如夏雲頭，鑲著日光，發出水銀色焰。凡是我所經過的河，都是如此。

現在我所見的故事也如此。水中的青天的底子，一切事物統在上面交錯，織成一篇，永是生動，永是展開，我看不見這一篇的結束。

河邊枯柳樹下的幾株瘦削的一丈紅，該是村女種的罷。大紅花和斑紅花，都在水裏面浮動，忽而碎散，拉長了，縷縷的胭脂水，然而沒有暈。茅屋，狗，塔，村女，雲，……也都浮動著。大紅花一朵朵全被拉長了，這時是潑剌奔迸的紅錦帶。帶織入狗中，狗織入白雲中，白雲織入村女中……。在一瞬間，他們又退縮了。但斑紅花影也已碎散，伸長，就要織進塔、村女、狗、茅屋、雲裏去了。

現在我所見的故事清楚起來了，美麗，幽雅，有趣，而且分明。青天上面，有無數美的人和美的事，我一一看見，一一知道。

我就要凝視他們……。

我正要凝視他們時，驟然一驚，睜開眼，雲錦也已皺蹙，凌亂，彷彿有誰擲一塊大石下河水中，水波陡然起立，將整篇的影子撕成片片了。我無意識地趕忙捏住幾乎墜地的《初學記》，眼前還剩著幾點虹霓色的碎影。

我真愛這一篇好的故事，趁碎影還在，我要追回他，完成他，留下他。我拋了書，欠身伸手去取筆，——何嘗有一絲碎影，只見昏暗的燈光，我不在小船裏了。

但我總記得見過這一篇好的故事，在昏沉的夜……。

一九二五年二月二十四日

名家·解讀

《好的故事》的意境，同樣建立在作者所嚮往的理想和目前的現實的對立上面。一個「昏沉的夜」裏，作者於工作之餘閉眼休息的剎那間，在朦朧中看見一幅很美麗的生活的圖畫，其中「許多美的人和美的事，錯綜起來像一天雲錦」。這一幅美麗的生活圖畫也決不是模糊的，而是十分清楚和真實的，它像記憶中的江南農村的美麗景色那樣實在，像河岸美景倒映在澄碧的河水中那樣分明。而且「一切事物統在上面交錯，織成一篇，永是生動，永是展開，我看不見這一篇的結束」。「有無數美的人和美的事，我一一看見，一一知道」。作者希望著這樣美麗的生活，是這篇作品的主

要精神。

不用說，於閉眼休息的刹那間，在朦朧中看見這樣美麗的生活圖畫，這恰好說明了他在目前的現實中看不見這樣美麗的生活，看不見「美的人和美的事」的悲哀心情。在這裏就流露著作者的疲勞的情緒和空虛的感覺。而且在後來，當他正要凝視這幅美麗的生活圖畫的時候，「驟然一驚，睜開眼，雲錦也皺蹙，凌亂，彷彿有誰擲一塊大石下河水中，水波陡然起立，將整篇的影子撕成片片了」。當他趕快想「趁碎影還在」，「要追回他，完成他，留下他」，「欠身伸手去取筆」的時候，又「何嘗有一絲碎影，只見昏暗的燈光」了。都反映著作者的圖畫是確確實實地存在於作者的希望中的，他在作品的最後說：

「但我總記得見過這一篇好的故事，在昏沉的夜……」

——馮雪峰《論〈野草〉》

過客

時：

或一日的黃昏。

地：

或一處。

人：

老翁——約七十歲，白鬚髮，黑長袍。

女孩——約十歲，紫髮，烏眼珠，白地黑方格長衫。

過客——約三四十歲，狀態困頓倔強，眼光陰沉，黑鬚，亂髮，黑色短衣褲皆破碎，赤足著破鞋，脅下掛一個口

袋，支著等身的竹杖。

東，是幾株雜樹和瓦礫；西，是荒涼破敗的叢葬；其間有一條似路非路的痕跡。一間小土屋向這痕跡開著一扇門；門側有一段枯樹根。

（女孩正要將坐在樹根上的老翁攙起。）

翁——孩子。喂，孩子！怎麼不動了呢？

孩——（向東望著，）有誰走來了，看一看罷。

翁——不用看他。扶我進去罷。太陽要下去了。

孩——我，——看一看。

翁——唉，你這孩子！天天看見天，看見土，看見風，還不夠好看麼？什麼也不比這些好看。你偏是要看誰。太陽下去時候出現的東西，不會給你什麼好處的。……還是進去罷。

孩——可是，已經近來了。阿阿，是一個乞丐。

翁——乞丐？不見得罷。

過客

（過客從東面的雜樹間踉蹌走出，暫時躊躕之後，慢慢地走近老翁去。）

客——老丈，你晚上好？

翁——阿，好！託福。你好？

客——老丈，我實在冒昧，我想在你那裏討一杯水喝。我走得渴極了。這地方又沒有一個池塘，一個水窪。

翁——唔，可以可以。你請坐罷。（向女孩）孩子，你拿水來，杯子要洗乾淨。

（女孩默默地走進土屋去。）

翁——客官，你請坐。你是怎麼稱呼的。

客——稱呼？——我不知道。從我還能記得的時候起，我就只一個人，我不知道我本來叫什麼。我一路走，有時人們也隨便稱呼我，各式各樣地，我也記不清楚了，況且相同的稱呼也沒有聽到過第二回。

翁——阿阿。那麼，你是從那裏來的呢？

客——（略略遲疑，）我不知道。從我還能記得的時候起，我就在這麼走。

翁——對了。那麼，我可以問你到那裏去麼？

客——自然可以。——但是，我不知道。從我還能記得的時候起，我就在這麼走，要走到一個地方去，這地方就在前面。我單記得走了許多路，現在來到這裏了。我接著就要走向那邊去，（西指，）前面！

（女孩小心地捧出一個木杯來，遞去。）

客——（接杯，）多謝，姑娘。（將水兩口喝盡，還杯，）多謝，姑娘。這真是少有的好意。我真不知道應該怎樣感謝！

翁——不要這麼感激。這於你是沒有好處的。

客——是的，這於我沒有好處。可是我現在很恢復了些力氣了。我就要前去。老丈，你大約是久住在這裏的，你可知道前面是怎麼一個所在麼？

翁——前面？前面，是墳。

客——（詫異地，）墳？

孩——不，不，不的。那裏有許多許多野百合，野薔薇，我常常去玩，去看他們的。

客——（西顧，彷彿微笑，）不錯。那些地方有許多許多野百合，野薔薇，我也常常去玩過，去看過的。但是，那是墳。（向老翁，）老丈，走完了那墳地之後呢？

翁——走完之後？那我可不知道。我沒有走過。

客——不知道？！

孩——我也不知道。

翁——我單知道南邊；北邊；東邊，你的來路。那是我最熟悉的地方，也許倒是於你們最好的地方。你莫怪我多嘴，據我看來，你已經這麼勞頓了，還不如回轉去，因為你前去也料不定可能走完。

客——料不定可能走完？……（沉思，忽然驚起，）那

不行！我只得走。回到那裏去，就沒一處沒有名目，沒一處沒有地主，沒一處沒有驅逐和牢籠，沒一處沒有皮面的笑容，沒一處沒有眶外的眼淚。我憎惡他們，我不回轉去。

翁——那也不然。你也會遇見心底的眼淚，為你的悲哀。

客——不。我不願看見他們心底的眼淚，不要他們為我的悲哀！

翁——那麼，你，（搖頭，）你只得走了。

客——是的，我只得走了。況且還有聲音常在前面催促我，叫喚我，使我息不下。可恨的是我的腳早經走破了，有許多傷，流了許多血。（舉起一足給老人看，）因此，我的血不夠了；我要喝些血。但血在那裏呢？可是我也不願意喝無論誰的血。我只得喝些水，來補充我的血。一路上總有水，我倒也並不感到什麼不足。只是我的力氣太稀薄了，血裏面太多了水的緣故罷。今天連一個小水窪也遇不到，也就

是少走了路的緣故罷。

翁——那也未必。太陽下去了，我想，還不如休息一會的好罷，像我似的。

客——但是，那前面的聲音叫我走。

翁——我知道。

客——你知道？你知道那聲音麼？

翁——是的。他似乎曾經也叫過我。

客——那也就是現在叫我的聲音麼？

翁——那我可不知道。他也就是叫過幾聲，我不理他，他也就不叫了，我也就記不清楚了。

客——唉唉，不理他……。（沉思，忽然吃驚，傾聽著，）不行！我還是走的好。我息不下。可恨我的腳早經走破了。（準備走路。）

孩——給你！（遞給一片布，）裹上你的傷去。

客——多謝，（接取，）姑娘。這真是……。這真是極少有的好意。這能使我可以走更多的路。（就斷磚坐下，要將布纏在踝上，）但是，不行！（竭力站起，）姑娘，還了你罷，還是裹不下。況且這太多的好意，我沒法感激。

翁——你不要這麼感激，這於你沒有好處。

客——是的，這於我沒有什麼好處。但在我，這佈施是最上的東西了。你看，我全身上可有這樣的。

翁——你不要當真就是。

客——是的。但是我不能。我怕我會這樣：倘使我得到了誰的佈施，我就要像兀鷹看見死屍一樣，在四近徘徊，祝願她的滅亡，給我親自看見；或者咒詛她以外的一切全都滅亡，連我自己，因為我就應該得到咒詛。但是我還沒有這樣的力量；即使有這力量，我也不願意她有這樣的境遇，因為她們大概總不願意有這樣的境遇。我想，這最穩當。（向女孩，）姑娘，你這布片太好，可是太小一點了，還了你罷。

孩——（驚懼，退後，）我不要了！你帶走！

客——（似笑，）哦哦，……因為我拿過了？

孩——（點頭，指口袋，）你裝在那裏，去玩玩。

客——（頹唐地退後，）但這背在身上，怎麼走呢？……

翁——你息不下，也就背不動。——休息一會，就沒有什麼了。

客——對咧，休息……。（默想，但忽然驚醒，傾聽。）不，我不能！我還是走好。

翁——你總不願意休息麼？

客——我願意休息。

翁——那麼，你就休息一會罷。

客——但是，我不能……。

翁——你總還是覺得走好麼？

客——是的。還是走好。

翁——那麼，你也還是走好罷。

客——（將腰一伸，）好，我告別了。我很感激你們。（向著女孩，）姑娘，這還你，請你收回去。

（女孩驚懼，斂手，要躲進土屋裏去。）

翁——你帶去罷。要是太重了，可以隨時拋在墳地裏面的。

孩——（走向前，）阿阿，那不行！

客——阿阿，那不行的。

翁——那麼，你掛在野百合野薔薇上就是了。

孩——（拍手，）哈哈！好！

翁——哦哦……

（極暫時中，沉默。）

翁——那麼，再見了。祝你平安。（站起，向女孩，）孩子，扶我進去罷。你看，太陽早已下去了。（轉身向門。）

客——多謝你們。祝你們平安。（徘徊，沉思，忽然吃

驚，）然而我不能！我只得走。我還是走好罷……。（即刻昂了頭，奮然向西走去。）

（女孩扶老人走進土屋，隨即闔了門。過客向野地裏蹌踉地闖進去，夜色跟在他後面。）

一九二五年三月二日

名家‧解讀

那悲哀歌裏面最沉痛的，是《過客》和《孤獨者》。像《孤獨者》裏面的魏連殳一樣，這過客也就是先生自己。但雖然是先生自己，也只是和搏戰的先生自己同在的哀歌的先生自己。但雖然是哀歌的先生自己，卻正是不能不和搏戰的先生自己息息相關的。

他哀歌，因為，「我是得走，回到那裏去，就沒有一處

沒有名目，沒一處沒有地主，沒一處沒有驅逐和牢籠，沒一處沒有皮面的笑容，沒一處沒有眶外的眼淚」。

他哀歌，因為，「那前面的聲音叫我走」。

他哀歌，因為，「你總不願意休息麼？」「我願意休息。……但是，我不能……。」

他哀歌，因為，「可恨是我的腳早經走破了，有許多傷，流了許多血。……」

而且，他哀歌，因為，「倘若得到了誰的佈施，我就好像兀鷹看見死屍一樣，在四處徘徊，祝願她的滅亡，給我親自看見；……」到這裏，對於愛的愛，對於憎恨的憎恨，就得到不能再強的程度了。

人民的戰士，然而是孤獨的戰士，他搏戰他哀歌，他屹立在一九二五年的、妖魔鬼怪的中華大地的北京城裏。

正是因為這個從搏戰出發的哀歌，或者說從哀歌出發的搏戰，他不得不追逐「那前面的聲音」，兩足流血地向前走

去。

到第二年，他不得不悲憤地指罵了「三・一八」的殺人者底臉上的血污，接著不得不逃到南方去憑弔了向滿人抗戰到最後不屈的鄭成功所遺下的城址，接著不得不逃到更南方去撫哭了叛徒底屍首……

「血債必須用同物償還」，那以後，我們只能夠看到他的襲敵的槍影。

——胡風《〈過客〉小釋》

死火

我夢見自己在冰山間奔馳。

這是高大的冰山，上接冰天，天上凍雲彌漫，片片如魚鱗模樣。山麓有冰樹林，枝葉都如松杉。一切冰冷，一切青白。

但我忽然墜在冰穀中。

上下四旁無不冰冷，青白。而一切青白冰上，卻有紅影無數，糾結如珊瑚網。我俯看腳下，有火焰在。

這是死火。有炎炎的形，但毫不搖動，全體冰結，像珊瑚枝；尖端還有凝固的黑煙，疑這才從火宅中出，所以枯

焦。這樣，映在冰的四壁，而且互相反映，化成無量數影，使這冰谷，成紅珊瑚色。

哈哈！

當我幼小的時候，本就愛看快艦激起的浪花，洪爐噴出的烈焰。不但愛看，還想看清。可惜他們都息息變幻，永無定形。雖然凝視又凝視，總不留下怎樣一定的跡象。

死的火焰，現在先得到了你了！

我拾起死火，正要細看，那冷氣已使我的指頭焦灼；但是，我還熬著，將他塞入衣袋中間。冰谷四面，登時完全青白。我一面思索著走出冰穀的法子。

我的身上噴出一縷黑煙，上升如鐵線蛇。冰谷四面，又登時滿有紅焰流動，如大火聚，將我包圍。我低頭一看，死火已經燃燒，燒穿了我的衣裳，流在冰地上了。

「唉，朋友！你用了你的溫熱，將我驚醒了。」他說。

我連忙和他招呼，問他名姓。

「我原先被人遺棄在冰穀中，」他答非所問地說，「遺棄我的早已滅亡，消盡了。我也被冰凍凍得要死。倘使你不給我溫熱，使我重行燒起，我不久就須滅亡。」

「你的醒來，使我歡喜。我正在想著走出冰穀的方法；我願意攜帶你去，使你永不冰結，永得燃燒。」

「唉唉！那麼，我將燒完！」

「你的燒完，使我惋惜。我便將你留下，仍在這裏罷。」

「唉唉！那麼，我將凍滅了！」

「那麼，怎麼辦呢？」

「但你自己，又怎麼辦呢？」他反而問。

「我說過了：我要出這冰穀……。」

「那我就不如燒完！」

他忽而躍起，如紅慧星，並我都出冰穀口外。有大石車突然馳來，我終於碾死在車輪底下，但我還來得及看見那車

就墜入冰穀中。

「哈哈！你們是再也遇不著死火了！」我得意地笑著說，彷彿就願意這樣似的。

一九二五年四月二十三日

名家．解讀

在冰的大世界中，「我」是孤獨的存在；但我在運動，充滿生命的活力。這樣，在「奔馳」的「活」的「動態」與「冰凍」的「死」的「靜態」之間，就形成一種緊張，一個張力。

我的身上既「噴」出黑煙，又有「大火聚」似的紅色將我包圍：真是奇妙之至！而「火」居然能如「水」一般「流動」，這又是火中有水。於是，又有了「我」與「死火」之間的對話，而且是討論嚴肅的生存哲學：這更是一個奇特的想像。

「死火」告訴「我」，他面臨著一個兩難選擇：留在這死亡之穀，就會「冰滅」；跳出去重新燒起，也會「燒完」。無論選擇怎樣的生存方式：無為（「冰結」不動）或有為（「永得燃燒」），都不能避免最後的死亡（「滅」、「完」）。這是對所謂光明、美好的「未來」的徹底否定，更意味著，在生、死對立中，死更強大：這是必須正視的根本性的生存困境，我們可以從中感受到魯迅式的絕望與悲涼。但在被動中仍可以有主動的選擇：「有為」（「永得燃燒」）與「無為」（「凍結」）的價值並不是等同的：燃燒的生命固然也不免於完，但這是「生後之死」，生命中曾有過燃燒的輝煌，自有一種悲壯之美；而凍滅，則是「無生之死」，連掙扎也不曾有過，就陷入了絕對的無價值、無意義。因此，死火做出了最後的選擇：「那我就不如燒完！」

這是對絕望的反抗，儘管對結局不存希望與幻想，但仍採取積極有為的人生態度，這就是許廣平所說的「以悲觀作不悲觀，以無可為作可為，向前的走去。」——這也是魯迅的選擇。

這「死火」的生存困境，兩難中的最後選擇，都是魯迅對生命存在本質的獨特發現，而且明顯地注入了自己的生命體驗；因此，我們可以說，這是一種「個性化」的想像與發現。

——錢理群《對宇宙基本元素的個性化想像》

狗的駁詰

我夢見自己在隘巷中行走，衣履破碎，像乞食者。

一條狗在背後叫起來了。

我傲慢地回顧，叱吒說：

「呔！住口！你這勢利的狗！」

「嘻嘻！」他笑了，還接著說，「不敢，愧不如人呢。」

「什麼！？」我氣憤了，覺得這是一個極端的侮辱。

「我慚愧：我終於還不知道分別銅和銀；還不知道分別布和綢；還不知道分別官和民；還不知道分別主和奴；還不

知道……」

我逃走了。

「且慢！我們再談談……」他在後面大聲挽留。

我一徑逃走，盡力地走，直到逃出夢境，躺在自己的床上。

一九二五年四月二十三日

名家．解讀

文章從「我」在「隘巷」中與狗遭遇，並斥責狗的「勢利」入筆，接著就進入主題，寫狗的駁詰。

這條狗未曾開口，先「嘻嘻」一笑。它對「人」的嘲弄、譏刺都在這「嘻嘻」的笑聲中，十分傳神地表露了出來。狗的駁詰極有層次。它先下論斷，後擺論據。論斷鮮

明，論據充分，具有毋庸置疑的說服力。「不敢，愧不如人呢。」這是狗在受到「我」的指斥之後的反唇相譏，亦即是它所下的論斷。意思是說自己在勢利這一方面遠不如人，實在慚愧。「不敢」二字，透露出對「人」的挖苦、嘲諷之意。旋即，狗便擺出一系列的論據，其勢有如疾風驟雨，猛烈地向「我」襲來……狗誠然是勢利的動物。但是，正如狗所表白的那樣，它還不會根據銅與銀，布與綢，官與民，主與奴的貴賤而分別採取不同態度。恰恰倒是社會上的某些「人」，在擁有萬貫的財主，身居高位的顯貴，奴僕成群的豪紳面前卑躬屈膝，搖尾乞憐，猶如一條獻媚取寵的叭兒狗。而在衣不蔽體、食不果腹，無權無勢的小民百姓前則又張牙舞爪，不可一世；其魚肉人民的心毒手狠的程度，比起他們的主子來，往往有過之而無不及。由此可見，狗的「愧不如人」的論斷，是富有說服力的。

「我逃走了」，表明了「我」對狗的駁詰無力還擊。

「且慢！我們再談談」，洋溢著狗的勝利的喜悅。這個意味深長的結尾，十分形象地肯定了狗的駁詰，表明了作者的鮮明傾向。

在現實生活中，人們通常指斥狗是勢利的動物。本文巧妙地通過狗的「愧不如人」的反駁，指出狗雖勢利，但那些知道根據銅銀、布綢、官民、主奴的貴賤而分別採取不同態度的「人」，是比狗還更加勢利的，從而對那些為反動階級所豢養的走狗文人進行了辛辣的諷刺。

——吉明學《讀〈狗的駁詰〉》

失掉的好地獄

我夢見自己躺在床上，在荒寒的野外，地獄的旁邊。一切鬼魂們的叫喚無不低微，然有秩序，與火焰的怒吼，油的沸騰，鋼叉的震顫相和鳴，造成醉心的大樂，佈告三界：天下太平。

有一偉大的男子站在我面前，美麗，慈悲，遍身有大光輝，然而我知道他是魔鬼。

「一切都已完結，一切都已完結！可憐的魔鬼們將那好的地獄失掉了！」他悲憤地說，於是坐下，講給我一個他所知道的故事——

「天地作蜂蜜色的時候，就是魔鬼戰勝天神，掌握了主宰一切的大威權的時候。他收得天國，收得人間，也收得地獄。他於是親臨地獄，坐在中央，遍身發大光輝，照見一切鬼眾。

「地獄原已廢弛得很久了：劍樹消卻光芒；沸油的邊緣早不騰湧；大火聚有時不過冒些青煙；遠處還萌生曼陀羅花，花極細小，慘白可憐。——那是不足為奇的，因為地上曾經大被焚燒，自然失了他的肥沃。

「鬼魂們在冷油溫火裏醒來，從魔鬼的光輝中看見地獄小花，慘白可憐，被大蠱惑，倏忽間記起人世，默想至不知幾多年，遂同時向者人間，發一聲反獄的絕叫。

「人類便應聲而起，仗義直言，與魔鬼戰鬥。戰聲遍滿三界，遠過雷霆。終於運大謀略，布大羅網，使魔鬼並且不得不從地獄出走。最後的勝利，是地獄門上也豎了人類的旌旗！

「當魔鬼們一齊歡呼時，人類的整飭地獄使者已臨地獄，坐在中央，用了人類的威嚴，叱吒一切鬼眾。

「當鬼魂們又發出一聲反獄的絕叫時，即已成為人類的叛徒，得到永劫沉淪的罰，遷入劍樹林的中央。

「人類於是完全掌握了主宰地獄的大威權，那威棱且在魔鬼以上。人類於是整頓廢弛，先給牛首阿旁以最高的俸草；而且，添薪加火，磨礪刀山，使地獄全體改觀，一洗先前頹廢的氣象。

「曼陀羅花立即焦枯了。油一樣沸；刀一樣銛；火一樣熱；鬼眾一樣呻吟，一樣宛轉，至於都不暇記起失掉的好地獄。

「這是人類的成功，是鬼魂的不幸……。

「朋友，你在猜疑我了。是的，你是人！我且去尋野獸和惡鬼……。」

一九二五年六月十六日

名家・解讀

《失掉的好地獄》是揭露、抨擊軍閥統治的。魯迅指出，當時軍閥統治的中國如同黑暗的地獄一樣，「必須廢掉」。魯迅說：「稱為神的和稱為魔的戰鬥了，並非爭奪天國，而在要得地獄的統治權。所以無論誰勝，地獄至今也還是照樣的地獄。」老軍閥雖然被趕下了台，新上臺的軍閥依然如故。論其統治，後者則是更兇狠、更殘酷和更反動了。魯迅清楚地看到統治者的這一反動本質，在本篇中深刻地指出：「人類」是借助於「鬼眾」「反獄的絕叫」，才趕走了「魔鬼」的。但是不管他原來掛著什麼招牌，打的什麼旗號，其真正目的，不過是「爭奪地獄的統治權」，只要他們一旦登上統治的寶座，就要一反常態，面目全非。至於人民，無論「魔鬼」戰勝了「天神」，還是「人類」戰勝了「魔鬼」，他們都只能是奴隸，甚至是「下於奴隸」的。

詩篇中「人類」的上臺自然是打著「人類」招牌的新軍閥的「成功」，但卻是人民的更大不幸；而「地獄」的暫時太平，又正是新上臺的「人類」用了「火焰的怒吼，油的沸騰，鋼叉的震顫相和鳴」的血腥統治和武力鎮壓所造成。魯迅一針見血地指出了新軍閥的反動本質，提醒人們對於那些以新的面貌出現的統治者不能抱有任何幻想，指出由他們「整飭地獄使者」主宰的人間地獄必須「失掉」。這一精闢的論斷，對於啟發人們認識正在崛起的以蔣介石為頭子的國民黨右派勢力是具有重要的現實意義的。

——范業本《〈野草〉試論》

墓碣文

我夢見自己正和墓碣對立，讀著上面的刻辭。那墓碣似是沙石所制，剝落很多，又有苔蘚叢生，僅存有限的文句——

……於浩歌狂熱之際中寒；於天上看見深淵。於一切眼中看見無所有；於無所希望中得救。……

……有一遊魂，化為長蛇，口有毒牙。不以齧人，自齧其身，終以殞顛。……

……離開！……

我繞到碣後，才見孤墳，上無草木，且已頹壞。即從大

闕口中，窺見死屍，胸腹俱破，中無心肝。而臉上卻絕不顯哀樂之狀，但濛濛如煙然。

我在疑懼中不及回身，然而已看見墓碣陰面的殘存的文句——

……抉心自食，欲知本味。創痛酷烈，本味何能知？……

……痛定之後，徐徐食之。然其心已陳舊，本味又何由知？……答我。否則，離開！……

我就要離開。而死屍已在墳中坐起，口唇不動，然而說——

「待我成塵時，你將見我的微笑！」

我疾走，不敢反顧，生怕看見他的追隨。

一九二五年六月十七日

名家・解讀

《墓碣文》是作者一時的小感觸的記錄。即使如此，這裏也依然閃映著魯迅本時期思想感情的深刻矛盾和巨大苦悶。作為一個戰士，他的基本方面是積極要求戰鬥的，但是在戰鬥的過程中，由於這時期他還未能和廣大革命群眾取得更密切的結合，因而時常有一種孤寂、失望的情緒折磨著他。他深切地知道，這種消極情緒「於自己的前進亦復大有妨礙也」（《兩地書・八》），必須趕緊拋棄它，擺脫它。但是，魯迅這時還不是一個馬克思主義者，他無法準確地解釋自己思想苦悶的原因，尋找不到擺脫這種情緒的途徑，這曾經使他感到異常焦急和痛苦，有時甚至會從心中閃出疲倦的聲音，他警惕地意識到自己前進的巨大羈絆，必須趕緊離開這種情緒的追隨。這一切，就是我們讀《墓碣文》這篇散文詩時所能感受到的。

這篇作品構思奇譎，想像神妙，以一個近似怪誕的夢境來反映作者的極其深刻的思想矛盾，這種寫法十分別致，而且耐人尋味。同時，作品中展現在讀者面前的是沙石剝落的墓碣，頹壞荒涼的孤墳，殘缺不全的刻辭，墳中坐起的死屍，這些描寫渲染了一種陰冷鬱悶的藝術氣氛，它有力地烘托了作品的思想內容。

——曾華鵬《讀〈墓碣文〉》

頹敗線的顫動

我夢見自己在做夢。自身不知所在，眼前卻有一間在深夜中禁閉的小屋的內部，但也看見屋上瓦松的茂密的森林。

板桌上的燈罩是新拭的，照得屋子裏分外明亮。在光明中，在破榻上，在初不相識的披毛的強悍的肉塊底下，有瘦弱渺小的身軀，為饑餓，苦痛，驚異，羞辱，歡欣而顫動。弛緩，然而尚且豐腴的皮膚光潤了；青白的兩頰泛出輕紅，如鉛上塗了胭脂水。

燈火也因驚懼而縮小了，東方已經發白。

然而空中還彌漫地搖動著饑餓，苦痛，驚異，羞辱，歡

欣的波濤……。

「媽！」約略兩歲的女孩被門的開闔聲驚醒，在草席圍著的屋角的地上叫起來了。

「還早哩，再睡一會罷！」她驚惶地說。

「媽！我餓，肚子痛。我們今天能有什麼吃的？」

「我們今天有吃的了。等一會有賣燒餅的來，媽就買給你。」她欣慰地更加緊捏著掌中的小銀片，低微的聲音悲涼地發抖，走近屋角去一看她的女兒，移開草席，抱起來放在破榻上。

「還早哩，再睡一會罷。」她說著，同時抬起眼睛，無可告訴地一看破舊的屋頂以上的天空。

空中突然另起了一個很大的波濤，和先前的相撞擊，迴旋而成旋渦，將一切並我盡行淹沒，口鼻都不能呼吸。

我呻吟著醒來，窗外滿是如銀的月色，離天明還很遼遠似的。

我自身不知所在，眼前卻有一間在深夜中禁閉的小屋的內部，我自已知道是在續著殘夢。可是夢的年代隔了許多年了。屋的內外已經這樣整齊；裏面是青年的夫妻，一群小孩子，都怨恨鄙夷地對著一個垂老的女人。

「我們沒有臉見人，就只因為你，」男人氣忿地說。「你還以為養大了她，其實正是害苦了她，倒不如小時候餓死的好！」

「使我委屈一世的就是你！」女的說。

「還要帶累了我！」男的說。

「還要帶累他們哩！」女的說，指著孩子們。

最小的一個正玩著一片幹蘆葉，這時便向空中一揮，彷佛一柄鋼刀，大聲說道：

「殺！」

那垂老的女人口角正在痙攣，登時一怔，接著便都平靜，不多時候，她冷靜地，骨立的石像似的站起來了。她開

開板門，邁步在深夜中走出，遺棄了背後一切的冷罵和毒笑。

她在深夜中盡走，一直走到無邊的荒野；四面都是荒野，頭上只有高天，並無一個蟲鳥飛過。她赤身露體地，石像似的站在荒野的中央，於一剎那間照見過往的一切：饑餓，苦痛，驚異，羞辱，歡欣，於是發抖；害苦，委屈，帶累，於是痙攣；殺，於是平靜。……又於一剎那間將一切併合：眷念與決絕，愛撫與復仇，養育與殲除，祝福與咒詛……。她於是舉兩手儘量向天，口唇間漏出人與獸的，非人間所有，所以無詞的言語。

當她說出無詞的言語時，她那偉大如石像，然而已經荒廢的，頹敗的身軀的全面都顫動了。這顫動點點如魚鱗，每一鱗都起伏如沸水在烈火上；空中也即刻一同振顫，彷彿暴風雨中的荒海的波濤。

她於是抬起眼睛向著天空，並無詞的言語也沉默盡絕，

惟有顫動，輻射若太陽光，使空中的波濤立刻迴旋，如遭颶風，洶湧奔騰於無邊的荒野。

我夢魘了，自己卻知道是因為將手擱在胸脯上了的緣故；我夢中還用盡平生之力，要將這十分沉重的手移開。

一九二五年六月二十九日

名家・解讀

《頹敗線的顫動》也許是《野草》中最震撼人心的篇章。這位老女人的遭遇所象徵、展示的是精神界戰士與他所生活的世界——現實人間的真實關係：帶著極大的屈辱，竭誠奉獻了一切，卻被為之犧牲的年輕一代（甚至是天真的孩子），以至整個社會無情地拋棄和放逐。這樣的命運對於魯迅是具有格外嚴重的意義的，本身即構成了對他「肩住黑暗的閘門」，放年輕人「到光明地方去」的歷史選擇的質疑。

這裏所反映的「戰士」與現實世界的感情關係是極其複雜的：作為被遺棄的異端，當然要和這個社會「決絕」，並充滿「復仇」、「殲除」與「咒詛」的欲念；但他又不能割斷一切情感聯繫，仍然擺脫不了「眷念」、「愛撫」、「養育」、「祝福」之情。在這矛盾的糾纏的情感的背後，是他更為矛盾、尷尬的處境：不僅社會遺棄了他，他自己也拒絕了社會，在這個意義上，他已經「不在」這個社會體系之中，他不能、也不願用這套體系中的任何語言來表達自己；但事實上他又生活「在」這社會之中，無論在社會關係上，還是在情感關係上都與這個社會糾纏在一起，如果他一開口，就有可能仍然落入社會既有的經驗、邏輯與言語中，這樣就無法擺脫無以言說的困惑，從而陷入了「失語」狀態。「她於是舉兩手儘量向天，口唇間漏出人與獸的，非人間所有，所以無詞的言語。」這又是一個非常深刻的也是很帶悲

劇性的「無」的選擇：不能（也拒絕）用現實人間社會的言語表達自己，而只能用「非人間所有，所以無詞的言語」。一個真正獨立的批判的知識份子，他的真正的聲音是在沉默無言中呈現的。所謂「非人間的，所以無詞的言語」，指的是尚未受到人間經驗、邏輯所侵蝕過的言語，只能在沒有被異化的「非人間」找到它的存在。

文章的最後幾段是極其精彩的段落，它提供了一個非常的境界：拒絕了「人間」的一切，回到了「非人間」，這「沉默盡絕」的「無邊的荒野」，其實是一個更真實的世界。在某種程度上，這正是魯迅的內心世界，這個世界更具真實，就像《影的告別》中的「影」在無邊的黑暗中，擁有了無限的豐富，無限的闊大，無限的自由。這一段文字，在我個人看來，是最具有魯迅特色的文字；而且坦白地說，在魯迅所有的文字中，這是最讓我動心動容的。

——錢理群《反抗絕望：魯迅的哲學》

立論

我夢見自己正在小學校的講堂上預備作文，向老師請教立論的方法。

「難！」老師從眼鏡圈外斜射出眼光來，看著我，說。

「我告訴你一件事——

「一家人家生了一個男孩，闔家高興透頂了。滿月的時候，抱出來給客人看，——大概自然是想得一點好兆頭。

「一個說：『這孩子將來要發財的。』他於是得到一番感謝。

「一個說：『這孩子將來要做官的。』他於是收回幾句

恭維。

「一個說：『這孩子將來是要死的。』他於是得到一頓大家合力的痛打。

「說要死的必然，說富貴的許謊。但說謊的得好報，說必然的遭打。你……」

「我願意既不說謊，也不遭打。那麼，老師，我得怎麼說呢？」

「那麼，你得說：『啊呀！這孩子呵！您瞧！那麼……。阿唷！哈哈！Hehe！he，hehehehe！』」

一九二五年七月八日

名家．解讀

在《立論》中，作者所諷刺和抨擊的這種「說謊的得好

報，說必然的遭打」的情況，是舊中國時常可以遇到的一種社會現象。魯迅曾這樣說過：「我的壞處，是在論時事不留面子，砭錮弊常取類型。」（《偽自由書・前記》）在這篇作品裏，作者同樣是以「取類型」的技法，來針砭當時社會的錮弊。作者對那種以發財升官之類的謊言來奉承別人的市儈，表示了強烈的憎惡。作者用犀利的筆，予以辛辣的嘲諷，從而告訴人們對這樣的人必須保持警惕，以防上當受騙。

然而，對說真話卻遭打的老實人，作者表示了同情和讚賞的態度。因為在現實生活中，敢於面對現實，說出生活的真理，這是一個戰鬥者不可缺少的品質，只有這樣，才能徹底毀壞那個禁錮得比罐頭還嚴密的黑暗的世界。

當然，這首諷刺性散文詩的主要鋒芒所向，還是指向那對師生。在他們生活的那個是非顛倒的社會裏，「說謊的得好報，說必然的遭打」，說真話確實是「難」。但是面對這

種現實，他們採取的是逃避的態度，也就是「既不謊人，也不遭打」的「哈哈主義」，這恰如魯迅先生多次諷刺的那樣：「我們中國人是聰明的，有些人早已發明了一種萬應靈藥，就是『今天天氣……哈哈哈』」。（《花邊文學・看書瑣記（二）》）

這種「正視而不敢」的怯懦的處世哲學，是幾千年的封建黑暗統治留下的「劣根性」的一種表現，是舊社會的一個錮弊。對這種既保護了自己，又不得罪別人的市儈作風，魯迅是很不滿的，他曾多次加以批判。他說：「人世上並沒有這樣一道矮牆，騎著而又兩腳踏地，左右穩妥，所以即使吞吞吐吐，也還是將自己的魂靈梟首通衢，掛出了原想竭力隱瞞的醜態。」（《華蓋集・答KS君》）

後來，魯迅還認為，隨著社會的發展，對立的營壘日益分明，這種「哈哈主義」也必將越來越站不住腳。他預言：「『今天天氣，……哈哈哈，雖然有些普遍，但能否永久，

卻很可懷疑。」（《花邊文學・看書瑣記（二）》）這種對「哈哈主義」的揭露和批判，是十分有力的。

——蔣明玳《讀〈立論〉》

死後

我夢見自己死在道路上。

這是那裏，我怎麼到這裏來，怎麼死的，這些事我全不明白。總之，待到我自己知道已經死掉的時候，就已經死在那裏了。

聽到幾聲喜鵲叫，接著是一陣烏老鴉。空氣很清爽，——雖然也帶些土氣息，——大約正當黎明時候罷。我想睜開眼睛來，他卻絲毫也不動，簡直不像是我的眼睛；於是想抬手，也一樣。

恐怖的利鏃忽然穿透我的心了。在我生存時，曾經玩笑地設想：假使一個人的死亡，只是運動神經的廢滅，而知覺還在，那就比全死了更可怕。誰知道我的預想竟的中了，我自己就在證實這預想。

聽到腳步聲，走路的罷。一輛獨輪車從我的頭邊推過，大約是重載的，軋軋地叫得人心煩，還有些牙齒。很覺得滿眼緋紅，一定是太陽上來了。那麼，我的臉是朝東的。但那都沒有什麼關係。切切嚓嚓的人聲，看熱鬧的。他們踹起黃土來，飛進我的鼻孔，使我想打噴嚏了，但終於沒有打，僅有想打的心。

陸陸續續地又是腳步聲，都到近旁就停下，還有更多的低語聲：看的人多起來了。我忽然很想聽聽他們的議論。但同時想，我生存時說的什麼批評不值一笑的話，大概是違心之論罷：才死，就露了破綻了。然而還是聽；然而畢竟得不到結論，歸納起來不過是這樣——

「死了？……」

「嗡。——這……」

「哼！……」

「嘖。……唉！……」

我十分高興，因為始終沒有聽到一個熟識的聲音。否則，或者害得他們傷心；或則要使他們快意；或則要使他們加添些飯後閒談的材料，多破費寶貴的工夫；這都會使我很抱歉。現在誰也看不見，就是誰也不受影響。好了，總算對得起人了！

但是，大約是一個螞蟻，在我的脊梁上爬著，癢癢的。我一點也不能動，已經沒有除去他的能力了；倘在平時，只將身子一扭，就能使他退避。而且，大腿上又爬著一個哩！你們是做什麼的？蟲豸！？

事情可更壞了：嗡的一聲，就有一個青蠅停在我的顴骨上，走了幾步，又一飛，開口便舐我的鼻尖。我懊惱地想：足下，我不是什麼偉人，你無須到我身上來尋做論的材

料……。但是不能說出來。他卻從鼻尖跑下，又用冷舌頭來舐我的嘴唇了，不知道可是表示親愛。還有幾個則聚在眉毛上，跨一步，我的毛根就一搖。實在使我煩厭得不堪，——不堪之至。

忽然，一陣風，一片東西從上面蓋下來，他們就一同飛開了，臨走時還說——

「惜哉！……」

我憤怒得幾乎昏厥過去。

木材摔在地上的鈍重的聲音同著地面的震動，使我忽然清醒，前額上感著蘆席的條紋。但那蘆席就被掀去了，又立刻感到了日光的灼熱。還聽得有人說——

「怎麼要死在這裏？……」

這聲音離我很近，他正彎著腰罷。但人應該死在那裏呢？我先前以為人在地上雖沒有任意生存的權利，卻總有任意死掉的權利的。現在才知道並不然，也很難適合人們的公

意。可惜我久沒了紙筆；即有也不能寫，而且即使寫了也沒有地方發表了。只好就這樣地拋開。

有人來抬我，也不知道是誰。聽到刀鞘聲，還有巡警在這裏罷，在我所不應該「死在這裏」的這裏。我被翻了幾個轉身，便覺得向上一舉，又往下一沉；又聽得蓋了蓋，釘著釘。但是，奇怪，只釘了兩個。難道這裏的棺材釘，是只釘兩個的麼？

我想：這回是六面碰壁，外加釘子。真是完全失敗，嗚呼哀哉了！……

「氣悶！……」我又想。

然而我其實卻比先前已經寧靜得多，雖然知不清埋了沒有。在手背上觸到草席的條紋，覺得這屍衾倒也不惡。只不知道是誰給我化錢的，可惜！但是，可惡，收斂的小子們！我背後的小衫的一角皺起來了，他們並不給我拉平，現在抵得我很難受。你們以為死人無知，做事就這樣地草率麼？哈哈！

我的身體似乎比活的時候要重得多，所以壓著衣皺便格外的不舒服。但我想，不久就可以習慣的；或者就要腐爛，不至於再有什麼大麻煩。此刻還不如靜靜地靜著想。

「您好？您死了麼？」

是一個頗為耳熟的聲音。睜眼看時，卻是勃古齋舊書鋪的跑外的小夥計。不見約有二十多年了，倒還是那一副老樣子。我又看看六面的壁，委實太毛糙，簡直毫沒有加過一點修刮，鋸絨還是毛毵毵的。

「那不礙事，那不要緊。」他說，一面打開暗藍色布的包裹來。「這是明板《公羊傳》，嘉靖黑口本，給您送來了。您留下他罷。這是……。」

「你！」我詫異地看定他的眼睛，說，「你莫非真正糊塗了？你看我這模樣，還要看什麼明板？……」

「那可以看，那不礙事。」

於爬到臉上，只繞著眼眶轉圈子。

我即刻閉上眼睛，因為對他很煩厭。停了一會，沒有聲息，他大約走了。但是似乎一個螞蟻又在脖子上爬起來，終於爬到臉上，只繞著眼眶轉圈子。

萬不料人的思想，是死掉之後也還會變化的。忽而，有一種力將我的心的平安衝破；同時，許多夢也都做在眼前了。幾個朋友祝我安樂，幾個仇敵祝我滅亡。我卻總是既不安樂，也不滅亡地不上不下地生活下來，都不能副任何一面的期望。現在又影一般死掉了，連仇敵也不使知道，不肯贈給他們一點惠而不費的歡欣。……

我覺得在快意中要哭出來。這大概是我死後第一次的哭。

然而終於也沒有眼淚流下；只看見眼前彷彿有火花一閃，我於是坐了起來。

一九二五年七月十二日

名家·解讀

時危人賤，在那災難深重的舊社會，慘死於路的平民百姓並不少見。這些，常常是作者用來控訴那個社會的有力罪證。然而本文的作者，卻另闢蹊徑，把他那支幽默、潑辣的筆，指向：圍觀死者的冷漠看客；侵擾死者的貪婪青蠅；無理責罵死者的粗暴巡警；要錢如命的書鋪商人……從不同角度揭示了那個冷酷無情的舊社會，表達了作者對敵人的深刻憎惡和不妥協的鬥爭精神。

本文由若干「片斷」組成。這些「片斷」似乎各不相關，但文章的結構並不鬆散、破碎。這是因為作品有一條以「我」死在路上到被收殮入棺的全過程為貫串首尾的中心線索。由這條中心線索，串聯起幾個富有藝術光彩的「片斷」，從而組成了一個嚴密的藝術整體，使作品結構顯得凝練、集中，以至無懈可擊。

多種藝術手法的靈活運用，這是本文的另一個顯著特色。例如，批判市儈主義，是通過一幅具體、可感的生活圖畫來體現。揭露反動文人的醜惡本質，則又採用了隱喻的手法。在畫面中突出具有高度概括力的片言隻語，用來諷刺那個不能任意生存也不能任意死掉的黑暗社會。通過簡潔的有個性的對話，揭示了商人的剝削本質。而作者不妥協的鬥爭精神，則又是在「死者」的議論中流露了出來。這種靈活多變的藝術手法，和諧地交織在一起，產生了一種化平淡為神奇的藝術作用，增添了引人入勝的藝術魅力。

——吉明學《讀〈死後〉》

這樣的戰士

要有這樣的一種戰士——

已不是蒙昧如非洲土人而背著雪亮的毛瑟槍的；也並不疲憊如中國綠營兵而卻佩著盒子炮。他毫無乞靈於牛皮和廢鐵的甲冑；他只有自己，但拿著蠻人所用的，脫手一擲的投槍。

他走進無物之陣，所遇見的都對他一式點頭。他知道這點頭就是敵人的武器，是殺人不見血的武器，許多戰士都在此滅亡，正如炮彈一般，使猛士無所用其力。

那些頭上有各種旗幟，繡出各樣好名稱：慈善家，學

者，文士，長者，青年，雅人，君子……。頭下有各樣外套，繡出各式好花樣：學問，道德，國粹，民意，邏輯，公義，東方文明……。

但他舉起了投槍。

他們都同聲立了誓來講說，他們的心都在胸膛的中央，和別的偏心的人類兩樣。他們都在胸前放著護心鏡，就為自己也深信心在胸膛中央的事作證。

但他舉起了投槍。

他微笑，偏側一擲，卻正中了他們的心窩。

一切都頹然倒地；——然而只有一件外套，其中無物。無物之物已經脫走，得了勝利，因為他這時成了戕害慈善家等類的罪人。

但他舉起了投槍。

他在無物之陣中大踏步走，再見一式的點頭，各種的旗幟，各樣的外套……

但他舉起了投槍。

他終於在無物之陣中老衰，壽終。他終於不是戰士，但無物之物則是勝者。

在這樣的境地裏，誰也不聞戰叫：太平。

太平……。

但他舉起了投槍！

一九二五年十二月十四日

名家·解讀

《這樣的戰士》，魯迅的提示，是：「有感於文人學士們的說明軍閥而作」的。也就在寫作這篇散文詩的前後，魯迅犀利的筆鋒，不是時常瞄準著陳西瀅等一批所謂「正人君子」們，在不斷的揭發，無情的暴露，要使他們在「麒麟皮

下露出馬腳步來」嗎？他那篇作為不妥協精神宣言的《論「費厄潑賴」應該緩行》，不也正寫在這個時候嗎？他自己時常稱戰鬥的小品文，是匕首，是投槍，而在這篇《這樣的戰士》中，不就把投槍作為具體的實物，形象地加以描繪嗎？為了要說明他那種韌性的戰鬥的精神，他曾舉過一個例子：「聽說『拳匪』亂後，天津的青皮就是所謂無賴者很跋扈，譬如給人搬一件行李，他就要兩元，對他說這行李小，他說要兩元，對他說道路近，他說要兩元，對他說不要搬了，他說也仍然要兩元。」——這就是所謂「韌性」。所以他接著說：「青皮固然是不足為法的，而那韌性卻大可以佩服。」而在這篇散文詩裏開首就說，「要有這樣的一種戰士——」，對著那些慈善家、學者、文士、長者、青年、雅人、君子……們，不管他們打出學問、道德、國粹、民意、邏輯、公義、東方文明等怎樣的旗號，不管他們怎樣立誓，說是心在胸膛中央；不管他們頹然倒地，只留下一件外套，自己已經逃脫；也不管他們自認廉虛，偽善的一式點頭；但他總是舉起了投槍。甚至「在這樣的境地裏，誰也不聞戰叫：太平」；但他還是舉起了投槍！這不就是那種韌性的戰鬥的最形象的說明嗎？但在這裏，也因為表現形式的不同，運用題材的不同，因而它所反映的現實，就更為隱晦曲折，內容就更加富於詩意、耐人尋味，戰鬥性也就更加強烈了。

魯迅在很早的時候，就期望「精神界的戰士」的出現，後來，他也時常慨歎：「精神界的戰士在那裏呢？」「新的戰友在那裏呢？」用以慰藉他自己的寂寞；而在這裏，他便自己描繪了這樣一個精神界戰士的畫像，來反映他積郁在心中的多年的渴求。你能說：這不是客觀現實——當時的黑暗現實社會，在他頭腦中曲折的反映嗎？

——許傑《〈野草〉精神試論》

聰明人和傻子和奴才

奴才總不過是尋人訴苦。只要這樣，也只能這樣。有一日，他遇到一個聰明人。

「先生！」他悲哀地說，眼淚聯成一線，就從眼角上直流下來。「你知道的。我所過的簡直不是人的生活。吃的是一天未必有一餐，這一餐又不過是高粱皮，連豬狗都不要吃的，尚且只有一小碗……。」

「這實在令人同情。」聰明人也慘然說。

「可不是麼！」他高興了。「可是做工是晝夜無休息的：清早擔水晚燒飯，上午跑街夜磨麵，晴洗衣裳雨張傘，

冬燒汽爐夏打扇。半夜要煨銀耳，侍候主人耍錢；頭錢從來沒分，有時還挨皮鞭……。」

「唉唉……。」聰明人歎息著，眼圈有些發紅，似乎要下淚。

「先生！我這樣是敷衍不下去的。我總得另外想法子。可是什麼法子呢？……」

「我想，你總會好起來……。」

「是麼？但願如此。可是我對先生訴了冤苦，又得你的同情和慰安，已經舒坦得不少了。可見天理沒有滅絕……。」

但是，不幾日，他又不平起來了，仍然尋人去訴苦。

「先生！」他流著眼淚說，「你知道的。我住的簡直比豬窠還不如。主人並不將我當人；他對他的叭兒狗還要好到幾萬倍……。」

「混帳！」那人大叫起來，使他吃驚了。那人是一個傻子。

「先生，我住的只是一間破小屋，又濕，又陰，滿是臭蟲，睡下去就咬得真可以。穢氣沖著鼻子，四面又沒有一個窗……。」

「你不會要你的主人開一個窗的麼？」

「這怎麼行？……」

「那麼，你帶我去看去！」

傻子跟奴才到他屋外，動手就砸那泥牆。

「先生！你幹什麼？」他大驚地說。

「我給你打開一個窗洞來。」

「這不行！主人要罵的！」

「管他呢！」他仍然砸。

「人來呀！強盜在毀咱們的屋子了！快來呀！遲一點可要打出窟窿來了！……」他哭嚷著，在地上團團地打滾。

一群奴才都出來了，將傻子趕走。

聽到了喊聲，慢慢地最後出來的是主人。

「有強盜要來毀咱們的屋子，我首先叫喊起來，大家一同把他趕走了。」他恭敬而得勝地說。

「你不錯。」主人這樣誇獎他。

這一天就來了許多慰問的人，聰明人也在內。

「先生。這回因為我有功，主人誇獎了我了。你先前說我總會好起來，實在是有先見之明……。」他大有希望似的高興地說。

「可不是麼……。」聰明人也代為高興似的回答他。

一九二五年十二月二十六日

名家．解讀

本篇通過對「聰明人」和「傻子」和「奴才」等三個人物的活動和矛盾衝突的描述，揭露和批判了反動統治階級及其幫兇——「聰明人」的欺騙性和「奴才」的奴才主義；讚頌了「傻子」的對於黑暗勢力毫不妥協、勇於抗爭的革命精神。在當時的歷史條件下，奴隸們如果聽信「聰明人」的謊言，安於現狀，對於黑暗勢力，不反抗，不鬥爭，甚至要在奴隸生活中尋找出「美」來，那就必然淪為萬劫不復的奴才。只有發揚「傻子」精神，依靠自己的力量，奮起抗爭，才能掙脫鎖鏈，擺脫奴隸命運。

《聰明人和傻子和奴才》是一篇思想深刻，藝術完美的散文詩。人物形象的塑造仍是用魯迅所一再提倡的「白描」手法，只用極其簡潔的筆墨，對人物的語言、動作和表情作些描寫，就準確而鮮明地刻畫了人物的形象。既沒有複雜的人物心理描寫，又沒有許多的環境渲染。「傻子」只說了五句話，三十幾個字，動作又不多，但他的那種嫉惡如仇，敢於抗爭的性格和說幹就幹的作風，已經躍然紙上了。「主人」即使最後出場，讀者仍然可以從他的一個動作和一句話裏推見他是什麼樣的人物的。

——王鳳伯《讀〈聰明人和傻子和奴才〉》

臘葉

燈下看《雁門集》，忽然翻出一片壓乾的楓葉來。

這使我記起去年的深秋。繁霜夜降，木葉多半凋零，庭前的一株小小的楓樹也變成紅色了。我曾繞樹徘徊，細看葉片的顏色，當他青蔥的時候是從沒有這麼注意的。他也並非全樹通紅，最多的是淺絳，有幾片則在緋紅地上，還帶著幾團濃綠。一片獨有一點蛀孔，鑲著烏黑的花邊，在紅，黃和綠的斑駁中，明眸似的向人凝視。我自念：這是病葉呵！便將他摘了下來，夾在剛才買到的《雁門集》裏。大概是願使這將墜的被蝕而斑斕的顏色，暫得保存，不即與群葉一同飄

散罷。

但今夜他卻黃蠟似的躺在我的眼前，那眸子也不復似去年一般灼灼。假使再過幾年，舊時的顏色在我記憶中消去，怕連我也不知道他何以夾在書裏面的原因了。將墜的病葉的斑斕，似乎也只能在極短時中相對，更何況是蔥郁的呢。看看窗外，很能耐寒的樹木也早經禿盡了；楓樹更何消說得。當深秋時，想來也許有和這去年的模樣相似的病葉的罷，但可惜我今年竟沒有賞玩秋樹的餘閒。

一九二五年十二月二十六日

名家．解讀

為了表達對以許廣平為代表的許多青年愛惜自己的由衷感激，魯迅寫了一首意曲情綿的散文詩。

作者說過：「《臘葉》，是為愛我者的想要保存我而作

的。」（《〈野草〉英文譯本序》）後來許廣平也說過，「臘葉」是魯迅的「自況」。魯迅在作品中把自己比喻成一片將墜的被蛀蝕的「病葉」，「我」並非魯迅，而是指「愛我者」即以許廣平為代表的關心愛護作者的青年們。我們只有弄清楚這種虛擬的主賓關係，才能按照作者原來的創作思想，來理解和分析作品。

作品從保存的一枚臘葉寫起：「燈下看《雁門集》，忽然翻出了一片壓乾的楓葉來。」「我」雖無心找尋它，但它卻是去年特意保存下來的。接著，作品回敘這枚楓葉的由來。去年的秋天，繁霜夜降，庭前的一株小小的楓樹也變成紅色了，「我」「細看葉片的顏色」，發現「一片獨有一點蛀孔，鑲著烏黑的花邊，在紅，黃和綠的斑駁中，明眸似的向人凝視」。正因為這片「病葉」殊異於普通的紅葉，引起「我」的愛憐，而「將他摘了下來，夾在剛才買到的《雁門集》裏」，使它「將墜的被蝕而斑斕的顏色，暫得保存，不即與群葉一同飄散」。

作者形象地刻畫了「病葉」出現的具體環境，讓他在與一般紅葉的比較中，顯示作為「病葉」的特徵，曲折地抒寫出作者自己因勞作成疾，失去了一般人應有的健康體魄；並借「我」對病葉的珍惜情景的描寫，抒發出青年們對自己病體的關切，從而深沉地表露出對青年們一番深情厚意的感激之情。

作品接著寫初冬的今夜，「我」偶然發現這枚楓葉的感受。一年多過去了，這枚「病葉」已經變成「黃蠟似」的了，過去紅、黃、綠斑駁的鮮豔色彩已不復存在，「那眸子也不復似去年一般灼灼」，昔欲保存，今不可得，因而悟出一個思想，這就是「將墜的病葉的斑斕，似乎也只能在極短時中相對」。作者由此婉轉地向青年們表露：既要參加現實鬥爭，又要保養自己的身體，二者難以兼顧，……「病葉」之斑斕既然只能在「極短時中相對」，那就讓他迎霜傲立，

斑爛一時吧！最後，作品描寫節氣的嚴寒，使「很能耐寒的樹木也早經禿盡了；楓葉更何消說得」，即使在秋天，「我今年竟沒有賞玩秋樹的餘閒」。

魯迅通過節令由秋至冬的轉換和自然景色的凋零的描寫，隱約透露出當時現實鬥爭環境的日趨殘酷與惡劣，進而說明戰鬥與養生之間「不能兩全」的原因。「我」與「愛我者」自然也該沒有珍惜「病葉」的「餘閒」了。作者以「我」珍惜病葉今昔不同的思想變化，含蓄地坦誠地勸導青年們不必再為自己的健康擔憂，而應該正視鬼魅橫行、鮮血淋漓的現實，勇敢地投身到現實鬥爭中去。

——吳周義《讀〈臘葉〉》

淡淡的血痕中

——紀念幾個死者和生者和未生者

目前的造物主，還是一個怯弱者。

他暗暗地使天地變異，卻不敢毀滅一個這地球；暗暗地使生物衰亡，卻不敢長存一切屍體；暗暗地使人類流血，卻不敢使血色永遠鮮；暗暗地使人類受苦，卻不敢使人類永遠記得。

他專為他的同類——人類中的怯弱者——設想，用廢墟荒墳來襯托華屋，用時光來沖淡苦痛和血痕；日日斟出一杯微甘的苦酒，不太少，不太多，以能微醉為度，遞給人間，使飲者可以哭，可以歌，也如醒，也如醉，若有知，若無

知，也欲死，也欲生。他必須使一切也欲生；他還沒有滅盡人類的勇氣。

幾片廢墟和幾個荒墳散在地上，映以淡淡的血痕，人們都在其間咀嚼著人我的渺茫的悲苦。但是不肯吐棄，以為究竟勝於空虛，各各自稱為「天之民」，以作咀嚼著人我的渺茫的悲苦的辯解，而且悚息著靜待新的悲苦的到來。新的，這就使他們恐懼，而又渴欲相遇。

這都是造物主的良民。他就需要這樣。

叛逆的猛士出於人間；他屹立著，洞見一切已改和現有的廢墟和荒墳，記得一切深廣和久遠的苦痛，正視一切重疊淤積的凝血，深知一切已死，方生，將生和未生。他看透了造化的把戲；他將要起來使人類蘇生，或者使人類滅盡，這些造物主的良民們。

造物主，怯弱者，羞慚了，於是伏藏。天地在猛士的眼中於是變色。

一九二六年四月八日

名家・解讀

這種詩《野草》是戰鬥的詩篇。它不僅僅記錄了魯迅內心所經歷的一段複雜的鬥爭過程，而且也向人們展示出了一種頑強的戰鬥精神。它和魯迅的其他作品一樣，是同社會現實緊密聯繫著的。

《淡淡的血痕中》據魯迅說是「段祺瑞政府槍擊徒手民眾後」所作，魯迅的學生劉和珍、楊德群在「三・一八」慘案中遇難。針對這一事件，魯迅在「三・一八」事件發生的當晚，就寫了《無花的薔薇之二》。魯迅舉起如椽的大筆，揭露了封建軍閥的黑暗統治和法西斯暴行。他說：「如此殘虐險狠的行為，不但在禽獸中所未曾見，便是在人類中

也極少有的，除卻俄皇尼古拉二世使哥薩克兵擊殺民眾的事，僅有一點相象。」散文詩《淡淡的血痕中》則是以較為含蓄和曲折的手法來揭示同一主題的。

詩篇以洞察一切的眼光，以極大的憤怒和蔑視的態度，揭露了暴君「造物主」的「暗暗的使人類流血，卻不敢使人類永遠記得」的虛偽而又殘酷的本質，指出他們為了維護其「造物主」的地位，「還沒有滅盡人類的勇氣」的怯懦心理，表達了魯迅對這夥「造物主」的「神聖的憎恨」的感情。然而對於這「淡淡的血痕」，人們卻表現為不同的態度。一種是「造物主的良民們」，他們懷著「天之民」的苟且心理，在淡紅的血色中暫得偷生，維持著一種不死不活、如醉如醒的現狀，滿足於「咀嚼著自我的渺茫的悲苦」的似人非人的生活。

魯迅以「哀其不幸，怒其不爭」的態度，批判了這種「良民們」的懦弱性格和恐懼心理，期待著他們能夠覺醒，

不要再去做「造物主的良民」了。另一種卻是「敢於直面慘澹的人生，敢於正視淋漓的鮮血」的「叛逆的猛士」。他深知過去、現在和將來，既「看透了造化的把戲」，也懂得那些「良民們」的心理，以一種大勇者的姿態屹立於人間，為結束那欲死欲生的現狀，使天地變色，他在血泊中繼續向那些「造物主」進行決死的鬥爭。

魯迅寫這一詩篇的目的，一方面是為了「紀念幾個死者」，同時也是為了喚醒當前的「生者和未生者」，號召人們不要做「人類中的怯弱者」，都來做使天地變色的「叛逆的猛士」。

——范業本《試論〈野草〉》

一覺

飛機負了擲下炸彈的使命，像學校的上課似的，每日上午在北京城上飛行。每聽得機件搏擊空氣的聲音，我常覺到一種輕微的緊張，宛然目睹了「死」的襲來，但同時也深切地感著「生」的存在。

隱約聽到一二爆發聲以後，飛機嗡嗡地叫著，冉冉地飛去了。也許有人死傷了罷，然而天下卻似乎更顯得太平。窗外的白楊的嫩葉，在日光下發烏金光；榆葉梅也比昨日開得更爛漫。收拾了散亂滿床的日報，拂去昨夜聚在書桌上的蒼白的微塵，我的四方的小書齋，今日也依然是所謂「窗明几淨」。

因為或一種原因，我開手編校那歷來積壓在我這裏的青年作者的文稿了；我要全都給一個清理。我照作品的年月看下去，這些不肯塗脂抹粉的青年們的魂靈便依次屹立在我眼前。他們是綽約的，是純真的，——阿，然而他們苦惱了，呻吟了，憤怒了，而且終於粗暴了，我的可愛的青年們！

魂靈被風沙打擊得粗暴，因為這是人的魂靈，我愛這樣的魂靈；我願意在無形無色的鮮血淋漓的粗暴上接吻。漂渺的名園中，奇花盛開著，紅顏的靜女正在超然無事地逍遙，鶴唳一聲，白雲鬱然而起……。這自然使人神往的罷，然而我總記得我活在人間。

我忽然記起一件事：兩三年前，我在北京大學的教員預備室裏，看見進來了一個並不熟識的青年，默默地給我一包書，便出去了，打開看時，是一本《淺草》。就在這默默中，使我懂得了許多話。阿，這贈品是多麼豐饒呵！可惜那

《淺草》不再出版了，似乎只成了《沉鐘》的前身。那《沉鐘》就在這風沙澒洞中，深深地在人海的底裏寂寞地鳴動。

野薊經了幾乎致命的摧折，還要開一朵小花，我記得托爾斯泰曾受了很大的感動，因此寫出一篇小說來。但是，草木在旱乾的沙漠中間，拼命伸長他的根，吸取深地中的水泉，來造成碧綠的林莽，自然是為了自己的「生」的，然而使疲勞枯渴的旅人，一見就怡然覺得遇到了暫時息肩之所，這是如何的可以感激，而且可以悲哀的事？！

《沉鐘》的《無題》——代啟事——說：「有人說：我們的社會是一片沙漠。——如果當真是一片沙漠，這雖然荒漠一點也還靜肅；雖然寂寞一點也還會使你感覺蒼茫。何至於像這樣的混沌，這樣的陰沉，而且這樣的離奇變幻！」

是的，青年的魂靈屹立在我眼前，他們已經粗暴了，或者將要粗暴了，然而我愛這些流血和隱痛的魂靈，因為他使我覺得是在人間，是在人間活著。

在編校中，夕陽居然西下，燈火給我接續的光。各樣的青春在眼前一一馳去了，身外但有昏黃環繞。我疲勞著，捏著紙煙，在無名的思想中靜靜地合了眼睛，看見很長的夢。忽而驚覺，身外也還是環繞著昏黃；煙篆在不動的空氣中上升，如幾片小小夏雲，徐徐幻出難以指名的形象。

一九二六年四月十日

名家．解讀

在寫作本文之前的二十二天，段祺瑞執政府悍然開槍射殺徒手請願的愛國青年，製造了震驚海內的「三．一八」慘案。魯迅目睹了許多愛國青年慘遭殺害，悲憤之情噴薄而出，凝結成一組飽含著愛和慘、血和淚的戰鬥詩篇。本文也是其中的一篇。在本文中，作者分別從三個不同側面，刻畫

了一代青年「粗暴」的靈魂，將自己的誠摯敬意，獻給了他們。

首先，作者直抒胸臆，以高昂的調子，歡快的旋律，為青年「粗暴」的靈魂譜寫了一曲令人振奮的抒情讚歌。其次，作者緊扣《野草》、《沉鐘》這兩個青年創辦的刊物，侃侃議論，進一步讚美了青年「粗暴」的魂靈。再次，作者還運用了引物托喻、寓情於物的烘托手法，展示了青年「粗暴」魂靈的美，表達了自己對他們的深切的愛和真誠的敬意。

本文著力描敘了「『死』的襲來」和「『生』的存在」兩個側面。他為那些敢於鬥爭、「被風沙打擊行粗暴」的青年魂靈作了熱情洋溢的讚美；對於比沙漠還要「混沌」「陰沉」和「離奇變幻」的黑暗社會作了無情的揭露。面對茫茫黑夜般的舊社會，作者「忽兒驚覺」，意識到戰鬥道路的漫長；而青年的覺醒，又鼓舞他繼續抗擊。

——吉明學《讀〈一覺〉》

雜文精選

我們現在怎樣做父親

　　我作這一篇文的本意，其實是想研究怎樣改革家庭；又因為中國親權重，父權更重，所以尤想對於從來認為神聖不可侵犯的父子問題，發表一點意見。總而言之：只是革命要革到老子身上罷了。但何以大模大樣，用了這九個字的題目呢？這有兩個理由：

　　第一，中國的「聖人之徒」，最恨人動搖他的兩樣東西。一樣不必說，也與我輩絕不相干；一樣便是他的倫常，我輩卻不免偶然發幾句議論，所以株連牽扯，很得了許多「鏟倫常」「禽獸行」之類的惡名。他們以為父對於子，有

絕對的權力和威嚴；若是老子說話，當然無所不可，兒子有話，卻在未說之前早已錯了。但祖父子孫，本來各各都只是生命的橋樑的一級，決不是固定不易的。現在的子，便是將來的父，也便是將來的祖。我知道我輩和讀者，若不是現任之父，也一定是候補之父，而且也都有做祖宗的希望，所差只在一個時間。為想省卻許多麻煩起見，我們便該無須客氣，盡可先行占住了上風，擺出父親的尊嚴，談談我們和我們子女的事；不但將來著手實行，可以減少困難，在中國也順理成章，免得「聖人之徒」聽了害怕，總算是一舉兩得之至的事了。所以說，「我們怎樣做父親。」

第二，對於家庭問題，我在《新青年》的《隨感錄》（二五，四十，四九）中，曾經略略說及，總括大意，便只是從我們起，解放了後來的人。論到解放子女，本是極平常的事，當然不必有什麼討論。但中國的老年，中了舊習慣舊思想的毒太深了，決定悟不過來。譬如早晨聽到烏鴉叫，少

年毫不介意，迷信的老人，卻總須頹唐半天。雖然很可憐，然而也無法可救。沒有法，便只能先從覺醒的人開手，各自解放了自己的孩子。自己背著因襲的重擔，肩住了黑暗的閘門，放他們到寬闊光明的地方去；此後幸福的度日，合理的做人。

還有，我曾經說，自己並非創作者，便在上海報紙的《新教訓》裏，挨了一頓罵。但我輩評論事情，總須先評論了自己，不要冒充，才能像一篇說話，對得起自己和別人。我自己知道，不特並非創作者，並且也不是真理的發見者。凡有所說所寫，只是就平日見聞的事理裏面，取了一點心以為然的道理；至於終極究竟的事，卻不能知。便是對於數年以後的學說的進步和變遷，也說不出會到如何地步，單相信比現在總該還有進步還有變遷罷了。所以說，「我們現在怎樣做父親。」

我現在心以為然的道理，極其簡單。便是依據生物界的現象，一，要保存生命；二，要延續這生命；三，要發展這生命（就是進化）。生物都這樣做，父親也就是這樣做。

生命的價值和生命價值的高下，現在可以不論。單照常識判斷，便知道既是生物，第一要緊的自然是生命。因為生物之所以為生物，全在有這生命，否則失了生物的意義。生物為保存生命起見，具有種種本能，最顯著的是食欲。因有食欲才攝取食品，因有食品才發生溫熱，保存了生命。但生物的個體，總免不了老衰和死亡，為繼續生命起見，又有一種本能，便是性欲。因性欲才有性交，因有性交才發生苗裔，繼續了生命。所以食欲是保存自己，保存現在生命的事；性欲是保存後裔，保存永久生命的事。飲食並非罪惡，並非不淨；性交也就並非罪惡，並非不淨。飲食的結果，養活了自己，對於自己沒有恩；性交的結果，生出子女，對於子女當然也算不了恩。——前前後後，都向生命的長途走去，僅有先後的不同，分不出誰受誰的恩典。

可惜的是中國的舊見解，竟與這道理完全相反。夫婦是「人倫之中」，卻說是「人倫之始」；性交是常事，卻以為不淨；生育也是常事，卻以為天大的大功。人人對於婚姻，大抵先夾帶著不淨的思想。親戚朋友有許多戲謔，自己也有許多羞澀，直到生了孩子，還是躲躲閃閃，怕敢聲明；獨有對於孩子，卻威嚴十足，這種行徑，簡直可以說是和偷了錢發跡的財主，不相上下了。我並不是說，——如他們攻擊者所意想的，——人類的性交也應如別種動物，隨便舉行；或如無恥流氓，專做些下流舉動，自鳴得意。是說，此後覺醒的人，應該先洗淨了東方固有的不淨思想，再純潔明白一些，瞭解夫婦是伴侶，是共同勞動者，又是新生命創造者的意義。所生的子女，固然是受領新生命的人，但他也不永久佔領，將來還要交付子女，像他們的父母一般。只是前前後後，都做一個過付的經手人罷了。

生命何以必需繼續呢？就是因為要發展，要進化。個體

既然免不了死亡，進化又毫無止境，所以只能延續著，在這進化的路上走。走這路須有一種內的努力，有如單細胞動物有內的努力，積久才會繁複，無脊椎動物有內的努力，積久才會發生脊椎。所以後起的生命，總比以前的更有意義，更近完全，因此也更有價值，更可寶貴；前者的生命，應該犧牲於他。

但可惜的是中國的舊見解，又恰恰與這道理完全相反。本位應在幼者，卻反在長者；置重應在將來，卻反在過去。前者做了更前者的犧牲，自己無力生存，卻苛責後者又來專做他的犧牲，毀滅了一切發展本身的能力。我也不是說，——如他們攻擊者所意想的，——孫子理應終日痛打他的祖父，女兒必須時時咒罵他的親娘。是說，此後覺醒的人，應該先洗淨了東方古傳的謬誤思想，對於子女，義務思想須加多，而權利思想卻大可切實核減，以準備改作幼者本位的道德。況且幼者受了權利，也並非永久佔有，將來還要對於他們的幼者，仍盡義務，只是前前後後，都做一切過付的經手人罷了。

「父子間沒有什麼恩」這一個斷語，實是招致「聖人之徒」面紅耳赤的一大原因。他們的誤點，便在長者本位與利己思想，權利思想很重，義務思想和責任心卻很輕。以為父子關係，只須「父兮生我」一件事，幼者的全部，便應為長者所有。尤其墮落的，是因此責望報償，以為幼者的全部，理該做長者的犧牲。殊不知自然界的安排，卻件件與這要求反對，我們從古以來，逆天行事，於是人的能力，十分萎縮，社會的進步，也就跟著停頓。我們雖不能說停頓便要滅亡，但較之進步，總是停頓與滅亡的路相近。

自然界的安排，雖不免也有缺點，但結合長幼的方法，卻並無錯誤。他並不用「恩」，卻給與生物以一種天性，我們稱他為「愛」。動物界中除了生子數目太多——愛不周到的如魚類之外，總是摯愛他的幼子，不但絕無利益心情，甚

或至於犧牲了自己，讓他的將來的生命，去上那發展的長途。

人類也不外此，歐美家庭，大抵以幼者弱者為本位，便是最合於這生物學的真理的辦法。便在中國，只要心思純白，未曾經過「聖人之徒」作踐的人，也都自然而然的能發現這一種天性。例如一個村婦哺乳嬰兒的時候，決不想到自己正在施恩；一個農夫娶妻的時候，也決不以為將要放債。只是有了子女，即天然相愛，願他生存；更進一步的，便還要願他比自己更好，就是進化。這離絕了交換關係利害關係的愛，便是人倫的索子，便是所謂「綱」。倘如舊說，抹殺了「愛」，一味說「恩」，又因此責望報償，那便不但敗壞了父子間的道德，而且也大反於做父母的實際的真情，播下乖剌的種子。有人做了樂府，說是「勸孝」，大意是什麼「兒子上學堂，母親在家磨杏仁，預備回來給他喝，你還不孝麼」之類，自以為「拼命衛道」。殊不知富翁的杏酪和窮人的豆漿，在愛情上價值同等，而其價值卻正在父母當時並無求報的心思；否則變成買賣行為，雖然喝了杏酪，也不異「人乳餵豬」，無非要豬肉肥美，在人倫道德上，絲毫沒有價值了。

所以我現在心以為然的，便只是「愛」。

無論何國何人，大都承認「愛己」是一件應當的事。這便是保存生命的要義，也就是繼續生命的根基。因為將來的運命，早在現在決定，故父母的缺點，便是子孫滅亡的伏線，生命的危機。易卜生做的《群鬼》（有潘家洵君譯本，載在《新朝》一卷五號）雖然重在男女問題，但我們也可以看出遺傳的可怕。歐士華本是要生活，能創作的人，因為父親的不檢，先天得了病毒，中途不能做人了。他又很愛母親，不忍勞他服侍，便藏著嗎啡，想待發作時候，由使女瑞琴幫他吃下，毒殺了自己；可是瑞琴走了。他於是只好托他母親了。

歐「母親，現在應該你幫我的忙了。」

阿夫人「我嗎？」

歐「誰能及得上你。」

阿夫人「我！你的母親！」

歐「正為那個。」

阿夫人「我，生你的人！」

歐「我不曾教你生我。並且給我的是一種什麼日子？我不要他！你拿回去罷！」

這一段描寫，實在是我們做父親的人應該震驚戒懼佩服的；決不能昧了良心，說兒子理應受罪。這種事情，中國也很多，只要在醫院做事，便能時時看見先天梅毒性病兒的慘狀；而且傲然的送來的，又大抵是他的父母。但可怕的遺傳，並不只是梅毒，另外許多精神上體質上的缺點，也可以傳之子孫，而且久而久之，連社會都蒙著影響。我們且不高談人群，單為子女說，便可以說凡是不愛己的人，實在欠缺做父親的資格。就令硬做了父親，也不過如古代的草寇稱王一般，萬萬算不了正統。將來學問發達，社會改造時，他們僥倖留下的苗裔，恐怕總不免要受善種學（Eugenics）者的處置。

倘若現在父母並沒有將什麼精神上體質上的缺點交給子女，又不遇意外的事，子女便當然健康，總算已經達到了繼續生命的目的。但父母的責任還沒有完，因為生命雖然繼續了，卻是停頓不得，所以還須教這新生命去發展。凡動物較高等的，對於幼雛，除了養育保護以外，往往還教他們生存上必需的本領。例如飛禽便教飛翔，鷙獸便教搏擊。人類更高幾等，便也有願意子孫更進一層的天性。這也是愛。上文所說的是對於現在，這是對於將來。只要思想未遭錮蔽的人，誰也喜歡子女比自己更強，更健康，更聰明高尚，——

更幸福；就是超越了自己，超越了過去。超越便須改變，所以子孫對於祖先的事，應該改變，「三年無改於父之道可謂孝矣」，當然是曲說，是退嬰的病根。假使古代的單細胞動物，也遵著這教訓，那便永遠不敢分裂繁複，世界上再也不會有人類了。

幸而這一類教訓，雖然害過許多人，卻還未能完全掃盡了一切人的天性。沒有讀過「聖賢書」的人，還能將這天性在名教的斧鉞底下，時時流露，時時萌蘖；這便是中國人雖然凋落萎縮，卻未滅絕的原因。

所以覺醒的人，此後應將這天性的愛，更加擴張，更加醇化；用無我的愛，自己犧牲於後起新人。開宗第一，便是理解。往昔的歐人對於孩子的誤解，是以為成人的預備；中國人的誤解，是以為縮小的成人。直到近來，經過許多學者的研究，才知道孩子的世界，與成人截然不同；倘不先行理解，一味蠻做，便大礙於孩子的發達。所以一切設施，都應該以孩子為本位，日本近來，覺悟的也很不少；對於兒童的設施，研究兒童的事業，都非常興盛了。第二，便是指導。時勢既有改變，生活也必須進化；所以後起的人物，一定尤異於前，決不能用同一模型，無理嵌定。長者須是指導者協商者，卻不該是命令者。不但不該責幼者供奉自己；而且還須用全副精神，專為他們自己，養成他們有耐勞作的體力，純潔高尚的道德，廣博自由能容納新潮流的精神，也就是能在世界新潮流中游泳，不被淹沒的力量。第三，便是解放。子女是即我非我的人，但既已分立，也便是人類中的人，因為即我，所以更應該盡教育的義務，交給他們自立的能力；因為非我，所以也應同時解放，全部為他們自己所有，成一個獨立的人。

這樣，便是父母對於子女，應該健全的產生，盡力的教育，完全的解放。

但有人會怕，彷彿父母從此以後，一無所有，無聊之極

了。這種空虛的恐怖和無聊的感想，也即從謬誤的舊思想發生；倘明白了生物學的真理，自然便會消滅。但要做解放子女的父母，也應預備一種能力。便是自己雖然已經帶著過去的色彩，卻不失獨立的本領和精神，有廣博的趣味，高尚的娛樂。要幸福麼？連你的將來的生命都幸福了。要「返老還童」，要「老復丁」麼？子女便是「復丁」，都已獨立而且更好了。這才是完了長者的任務，得了人生的慰安。倘若思想本領，樣樣照舊，專以「勃谿」為業，行輩自豪，那便自然免不了空虛無聊的苦痛。

或者又怕，解放之後，父子間要疏隔了。歐美的家庭，專制不及中國，早已大家知道；往者雖有人比之禽獸，現在卻連「衛道」的聖徒，也曾替他們辯護，說並無「逆子叛弟」了。因此可知：惟其解放，所以相親；惟其沒有「拘攣」子弟的父兄，所以也沒有反抗「拘攣」的「逆子叛弟」。若威逼利誘，便無論如何，決不能有「萬年有道之

長」。例便如我中國，漢有舉孝，唐有孝悌力田科，清末也還有孝廉方正，都能換到官做。父恩諭之於先，皇恩施之於後，然而割股的人物，究屬寥寥。足可證明中國的舊學說舊手段，實在從古以來，並無良效，無非使壞人增長些虛偽，好人無端的多受些人我都無利益的苦痛罷了。

獨有「愛」是真的。路粹引孔融說，「父之于子，當有何親？論其本意，實為情欲發耳。子之于母，亦復奚為，譬如寄物瓶中，出則離矣。」（漢末的孔府上，很出過幾個有特色的奇人，不像現在這般冷落，這話也許確是北海先生所說；只是攻擊他的偏是路粹和曹操，教人發笑罷了。）雖然也是一種對於舊說的打擊，但實於事理不合。因為父母生了子女，同時又有天性的愛，這愛又很深廣很長久，不會即離。現在世界沒有大同，相愛還有差等，子女對於父母，也便最愛，最關切，不會即離。所以疏隔一層，不勞多慮。至於一種例外的人，或者非愛所能鉤連。但若愛力尚且不能鉤連，那便任憑什麼「恩威，名分，天經，地義」之類，更是鉤連不住。

或者又怕，解放之後，長者要吃苦了。這事可分兩層：第一，中國的社會，雖說「道德好」，實際卻太缺乏相愛相助的心思。便是「孝」「烈」這類道德，也都是旁人毫不負責，一味收拾幼者弱者的方法。在這樣社會中，不獨老者難於生活，既解放的幼者，也難於生活。第二，中國的男女，大抵未老先衰，甚至不到二十歲，早已老態可掬，待到真實衰老，便更須別人扶持。所以我說，解放子女的父母，應該先有一番預備；而對於如此社會，尤應該改造，使他能適於合理的生活。許多人預備著，改造著，久而久之，自然可望實現了。單就別國的往時而言，斯賓塞未曾結婚，不聞他侘傺無聊；瓦特早沒有了子女，也居然「壽終正寢」，何況在將來，更何況有兒女的人呢？

或者又怕，解放之後，子女要吃苦了。這事也有兩層，

全如上文所說，不過一是因為老而無能，一是因為少不更事罷了。因此覺醒的人，愈覺有改造社會的任務。中國相傳的成法，謬誤很多：一種是錮閉，以為可以與社會隔離，不受影響。一種是教給他惡本領，以為如此才能在社會中生活。用這類方法的長者，雖然也含有繼續生命的好意，但比照事理，卻決定謬誤。

此外還有一種，是傳授些周旋方法，教他們順應社會。這與數年前講「實用主義」的人，因為市上有假洋錢，便要在學校裏遍教學生看洋錢的法子之類，同一錯誤。社會雖然不能不偶然順應，但決不是正當辦法。因為社會不良，惡現象便很多，勢不能一一順應；倘都順應了，又違反了合理的生活，倒走了進化的路。所以根本方法，只有改良社會。

就實際上說，中國舊理想的家族關係父子關係之類，其實早已崩潰。這也非「於今為烈」，正是「在昔已然」。歷來都竭力表彰「五世同堂」，便足見實際上同居的為難；拼

命的勸孝，也足見事實上孝子的缺少。而其原因，便全在一意提倡虛偽道德，蔑視了真的人情。我們試一翻大族的家譜，便知道始遷祖宗，大抵是單身遷居，成家立業；一到聚族而居，家譜出版，卻已在零落的中途了。況在將來，迷信破了，便沒有哭竹，臥冰；醫學發達了，也不必嘗穢，割股。又因為經濟關係，結婚不得不遲，生育因此也遲，或者子女才能自存，父母已經衰老，不及依賴他們供養，事實上也就是父母反盡了義務。世界潮流逼拶著，這樣做的可以生存，不然的便都衰落；無非覺醒者多，加些人力，便危機可望較少就是了。

但既如上言，中國家庭，實際久已崩潰，並不如「聖人之徒」紙上的空談，則何以至今依然如故，一無進步呢？這事很容易解答。第一，崩潰者自崩潰，糾纏者自糾纏，設立者又自設立；毫無戒心，也不想到改革，所以如故。第二，以前的家庭中間，本來常有勃，到了新名詞流行之後，便都改稱「革命」，然而其實也仍是討嫖錢至於相罵，要賭本至於相打之類，與覺醒者的改革，截然兩途。這一類自稱「革命」的勃谿子弟，純屬舊式，待到自己有了子女，也決不解放；或者毫不管理，或者反要尋出《孝經》，勒令誦讀，想他們「學於古訓」，都做犧牲。這只能全歸舊道德舊習慣舊方法負責，生物學的真理決不能妄任其咎。

既如上言，生物為要進化，應該繼續生命，那便「不孝有三無後為大」，三妻四妾，也極合理了。這事也很容易解答。人類因為無後，絕了將來的生命，雖然不幸，但若用不正當的方法手段，苟延生命而害及人群，便該比一人無後，尤其「不孝」。因為現在的社會，一夫一妻制最為合理，而多妻主義，實能使人群墮落。墮落近於退化，與繼續生命的目的，恰恰完全相反。無後只是滅絕了自己，退化狀態的有後，便會毀到他人。人類總有些為他人犧牲自己的精神，而況生物自發生以來，交互關聯，一人的血統，大抵總與他人

有多少關係，不會完全滅絕。所以生物學的真理，決非多妻主義的護符。

總而言之，覺醒的父母，完全應該是義務的，利他的，犧牲的，很不易做；而在中國尤不易做。中國覺醒的人，為想隨順長者解放幼者，便須一面清結舊賬，一面開闢新路。就是開首所說的「自己背著因襲的重擔，肩住了黑暗的閘門，放他們到寬闊光明的地方去；此後幸福的度日，合理的做人。」這是一件極偉大的要緊的事，也是一件極困苦艱難的事。

但世間又有一類長者，不但不肯解放子女，並且不准子女解放他們自己的子女；就是並要孫子曾孫都做無謂的犧牲。這也是一個問題；而我是願意平和的人，所以對於這問題，現在不能解答。

一九一九年十月

名家・解讀

本文是魯迅的早期雜文，最初發表於一九一九年11月號《新青年》月刊，署名唐俟，後收入《墳》。

文章從生命這一宏大命題入筆，簡潔而堅定地指出，人首先要保存生命，然後是延續生命，同時要發展「這生命」。「生物都這樣做，父親也就是這樣做。」可謂開宗明義，提綱挈領。文章批駁了封建社會舊道德舊倫理強加在父子關係上並且「拼命衛道」的「恩」論，明確指出，父子之間應該是「遠離了交換關係利害關係的愛」，這不但是自然的，而且是「一種天然」。

做父親的應該「愛己」，要有健壯的身體和豐富的精神，因為「可怕的遺傳，並不只是梅毒，另外許多精神上體質上的缺點，也可以傳之子孫」，「連社會都蒙著影響」。因而，「愛己」不但是保存生命的要義，也是繼續生命的根

基。做父親的「還須教這新生命去發展」，教他們生存的本領，讓子女「比自己更強，更健康，更聰明高尚，更幸福」。如果說「愛己」是「對於現在」，那麼，「生命的發展」便是「對於未來」了。

如何讓子女「超越自己，超越過去」呢？魯迅給出了三條建議：理解、指導和解放。惟其如此，才能具有「在世界新潮流中游泳，不被淹沒的力量。」

文章始終貫穿著批判的鋒芒，特別是對封建社會的虛偽道德，什麼臥冰、嘗穢、割股以及一夫多妻之類，雖然只是隻言片語，卻能一針見血，給人以警醒。

「自己背著因襲的重擔，肩住了黑暗的閘門，放他們到寬闊光明的地方去；此後幸福的度日，合理的做人。」這一警語是全文的核心，在文前和文末反覆出現，不但頗具哲理意味地照應了文題，而且昇華到了「人的解放」這一高度。

——石翔《魯迅雜文解析》

娜拉走後怎樣

——一九二三年十二月二十六日在北京女子高等師範學校文藝會講

我今天要講的是「娜拉走後怎樣？」

伊孛生（易卜生）是十九世紀後半的瑙威（挪威）的一個文人。他的著作，除了幾十首詩之外，其餘都是劇本。這些劇本裏面，有一時期是大抵含有社會問題的，世間也稱作「社會劇」，其中有一篇就是《娜拉》。

《娜拉》一名 Ein Puppenheim，中國譯作《傀儡家庭》。但 Puppe 不單是牽線的傀儡，孩子抱著玩的人形也是；引申開去，別人怎麼指揮，他便怎麼做的人也是。娜拉當初是滿足地生活在所謂幸福的家庭裏的，但是她竟覺悟

了：自己是丈夫的傀儡，孩了們又是她的傀儡。她於是走了，只聽得關門聲，接著就是閉幕。這想來大家都知道，不必細說了。

娜拉要怎樣才不走呢？或者說伊孛生自己有解答，就是 Die Frauvom Meer，《海的女人》，中國有人譯作《海上夫人》的。這女人是已經結婚的了，然而先前有一個愛人在海的彼岸，一日突然尋來，叫她一同去。她便告知她的丈夫，要和那外來人會面。臨末，她的丈夫說，「現在放你完全自由。（走與不走）你能夠自己選擇，並且還要自己負責任。」於是什麼事全都改變，她就不走了。這樣看來，娜拉倘也得到這樣的自由，或者也便可以安住。

但娜拉畢竟是走了的。走了以後怎樣？伊孛生並無解答；而且他已經死了。即使不死，他也不負解答的責任。因為伊孛生是在做詩，不是為社會提出問題來而且代為解答。就如黃鶯一樣，因為他自己要歌唱，所以他歌唱，不是要唱給人們聽得有趣，有益。伊孛生是很不通世故的，相傳在許多婦女們一同招待他的筵宴上，代表者起來致謝他作了《傀儡家庭》，將女性的自覺，解放這些事，給人心以新的啟示的時候，他卻答道，「我寫那篇卻並不是這意思，我不過是做詩。」

娜拉走後怎樣？——別人可是也發表過意見的。一個英國人曾作一篇戲劇，說一個新式的女子走出家庭，再也沒有路走，終於墮落，進了妓院了。還有一個中國人，——我稱他什麼呢？上海的文學家罷，——說他所見的《娜拉》是和現譯本不同，娜拉終於回來了。這樣的本子可惜沒有第二人看見，除非是伊孛生自己寄給他的。但從事理上推想起來，娜拉或者也實在只有兩條路：不是墮落，就是回來。因為如果是一匹小鳥，則籠子裏固然不自由，而一出籠門，外面便又有鷹，有貓，以及別的什麼東西之類；倘使已經關得麻痺了翅子，忘卻了飛翔，也誠然是無路可以走。還有一條，就

是餓死了，但餓死已經離開了生活，更無所謂問題，所以也不是什麼路。

人生最苦痛的是夢醒了無路可以走。做夢的人是幸福的；倘沒有看出可走的路，最要緊的是不要去驚醒他。你看，唐朝的詩人李賀，不是困頓了一世的麼？而他臨死的時候，卻對他的母親說，「阿媽，上帝造成了白玉樓，叫我做文章落成去了。」這豈非明明是一個誑，一個夢？然而一個小的和一個老的，一個死的和一個活的，死的高興地死去，活的放心地活著。說誑和做夢，在這些時候便見得偉大。所以我想，假使尋不出路，我們所要的倒是夢。

但是，萬不可做將來的夢。阿爾志跋綏夫曾經借了他所做的小說，質問過夢想將來的黃金世界的理想家，因為要造那世界，先喚起許多人們來受苦。他說，「你們將黃金世界預約給他們的子孫了，可是有什麼給他們自己呢？」有是有的，就是將來的希望。但代價也太大了，為了這希望，要使人練敏了感覺來更深切地感到自己的苦痛，叫起靈魂來目睹他自己的腐爛的屍骸。惟有說誑和做夢，這些時候便見得偉大。所以我想，假使尋不出路，我們所要的就是夢；但不要將來的夢，只要目前的夢。

然而娜拉既然醒了，是很不容易回到夢境的，因此只得走；可是走了以後，有時卻也免不掉墮落或回來。否則，就得問：她除了覺醒的心以外，還帶了什麼去？倘只有一條像諸君一樣的紫紅的絨繩的圍巾，那可是無論寬到二尺或三尺，也完全是不中用。她還須更富有，提包裏有準備，直白地說，就是要有錢。

夢是好的；否則，錢是要緊的。

錢這個字很難聽，或者要被高尚的君子們所非笑，但我總覺得人們的議論是不但昨天和今天，即使飯前和飯後，也往往有些差別。凡承認飯需錢買，而以說錢為卑鄙者，倘能按一按他的胃，那裏面怕總還有魚肉沒有消化完，須得餓他

一天之後，再來聽他發議論。

所以為娜拉計，錢，——高雅的說罷，就是經濟，是最要緊的了。自由固不是錢所能買到的，但能夠為錢而賣掉。人類有一個大缺點，就是常常要饑餓。為補救這缺點起見，為準備不做傀儡起見，在目下的社會裏，經濟權就見得最要緊了。第一，在家應該先獲得男女平均的分配；第二，在社會應該獲得男女相等的勢力。可惜我不知道這權柄如何取得，單知道仍然要戰鬥；或者也許比要求參政權更要用劇烈的戰鬥。

要求經濟權固然是很平凡的事，然而也許比要求高尚的參政權以及博大的女子解放之類更煩難。天下事盡有小作為比大作為更煩難的。譬如現在似的冬天，我們只有這一件棉襖，然而必須救助一個將要凍死的苦人，否則便須坐在菩提樹下冥想普渡一切人類的方法去。普渡一切人類和救活一人，大小實在相去太遠了，然而倘叫我挑選，我就立刻到菩

提樹下去坐著，因為免得脫下唯一的棉襖來凍殺自己。所以在家裏說要參政權，是不至於大遭反對的，一說到經濟的平勻分配，或不免面前就遇見敵人，這就當然要有劇烈的戰鬥。

戰鬥不算好事情，我們也不能責成人人都是戰士，那麼，平和的方法也就可貴了，這就是將來利用了親權來解放自己的子女。中國的親權是無上的，那時候，就可以將財產平勻地分配子女們，使他們平和而沒有衝突地都得到相等的經濟權，此後或者去讀書，或者去生發，或者為自己去享用，或者為社會去做事，或者去花完，都請便，自己負責任。這雖然也是頗遠的夢，可是比黃金世界的夢近得不少了。但第一需要記性。記性不佳，是有益於己而有害於子孫的。人們因為能忘卻，所以自己能漸漸地脫離了受過的苦痛，也因為能忘卻，所以往往照樣地再犯前人的錯誤。被虐待的兒媳做了婆婆，仍然虐待兒媳；嫌惡學生的官吏，

每是先前痛罵官吏的學生；現在壓迫子女的，有時也就是十年前的家庭革命者。這也許與年齡和地位都有關係罷，但記性不佳也是一個很大的原因。救濟法就是各人去買一本note-book來，將自己現在的思想舉動都記上，作為將來年齡和地位都改變了之後的參考。假如憎惡孩子要到公園去的時候，取來一翻，看見上面有一條道，「我想到中央公園去」，那就即刻心平氣和了。別的事也一樣。

世間有一種無賴精神，那要義就是韌性。聽說拳匪亂後，天津的青皮，就是所謂無賴者很跋扈，譬如給人搬一件行李，他就要兩元，對他說這行李小，他說要兩元，對他說道路近，他說要兩元，對他說不要搬了，他說也仍然要兩元。青皮固然是不足為法的，而那韌性卻大可以佩服。要求經濟權也一樣，有人說這事情太陳腐了，就答道要經濟權；說是太卑鄙了，就答道要經濟權；說是經濟制度就要改變了，用不著再操心，也仍然答道要經濟權。

其實，在現在，一個娜拉的出走，或者也許不至於感到困難的，因為這人物很特別，舉動也新鮮，能得到若干人們的同情，幫助著生活。生活在人們的同情之下，已經是不自由了，然而倘有一百個娜拉出走，便連同情也減少，有一千一萬個出走，就得到厭惡了，斷不如自己握著經濟權之為可靠。

在經濟方面得到自由，就不是傀儡了麼？也還是傀儡。無非被人所牽的事可以減少，而自己能牽的傀儡可以增多罷了。因為在現在的社會裏，不但女人常作男人的傀儡，就是男人和男人，女人和女人，也相互地作傀儡，男人也常作女人的傀儡，這決不是幾個女人取得經濟權所能救的。但人不能餓著靜候理想世界的到來，至少也得留一點殘喘，正如涸轍之鮒，急謀升斗之水一樣，就要這較為切近的經濟權，一面再想別的法。

如果經濟制度竟改革了，那上文當然完全是廢話。

然而上文，是又將娜拉當作一個普通的人物而說的，假使她很特別，自己情願闖出去做犧牲，那就又另是一回事。我們無權去勸誘人做犧牲，也無權去阻止人做犧牲。況且世上也盡有樂於犧牲，樂於受苦的人物。歐洲有一個傳說，耶穌去釘十字架時，休息在Ahasvar的簷下，Ahasvar不准他，於是被了咒詛，使他永世不得休息，直到末日裁判的時候。Ahasvar從此就歇不下，只是走，現在還在走。走是苦的，安息是樂的，他何以不安息呢？雖說背著咒詛，可是大約總該是覺得走比安息還適意，所以始終狂走的罷。

只是這犧牲的適意是屬於自己的，與志士們之所謂為社會者無涉。群眾，——尤其是中國的，——永遠是戲劇的看客。犧牲上場，如果顯得慷慨，他們就看了悲壯劇；如果顯得觳觫，他們就看了滑稽劇。北京的羊肉鋪前常有幾個人張著嘴看剝羊，彷彿頗愉快，人的犧牲能給與他們的益處，也不過如此。而況事後走不幾步，他們並這一點愉快也就忘卻了。

對於這樣的群眾沒有法，只好使他們無戲可看倒是療救，正無需乎震駭一時的犧牲，不如深沉的韌性的戰鬥。

可惜中國太難改變了，即使搬動一張桌子，改裝一個火爐，幾乎也要血；而且即使有了血，也未必一定能搬動，能改裝。不是很大的鞭子打在背上，中國自己是不肯動彈的。我想這鞭子總要來，好壞是別一問題，然而總要打到的。但是從那裏來，怎麼地來，我也是不能確切地知道。

我這講演也就此完結了。

名家．解讀

經濟權決不是輕易能爭得來的。要通過多方面的鬥爭，甚至要用劇烈的戰鬥去爭取。首先要打破所謂高尚君子或受

高尚君子們影響而生的羞於說吃說錢的虛偽，理直氣壯地說：人要吃飯，飯要錢買。……第二，對有經濟實力，掌握著經濟權的家長們來說，要有記性，記著做子女時的要求與苦痛，肯用親權來解放自己的子女，肯給子女以經濟權。第三，比起要求參政權，要求婦女解放來，要求經濟權具體而平凡，但具體的小的作為往往更難。魯迅做了一個生動的比喻：脫下棉襖救一個將要凍死的人和坐在菩提樹下冥想普渡一切人類的方法，哪個難實行？在家裏說要參政權，是不至於大遭反對的。一說到經濟的平均分配，面前就遇見敵人，所以一定要準備進行劇烈的戰鬥，要深沉的韌性的戰鬥。

當然，即便爭得經濟權，也並不能解決所有社會問題。幾個婦女或部分婦女有了經濟權，也不等於改變了女人的傀儡地位。但男女走向平等畢竟是社會進步的標誌。

魯迅更大的希望在於改變整個中國。魯迅深知改變之艱難——「即使搬動一張桌子，改裝一個火爐，幾乎也要血；

而且即使有了血，也未必一定能搬動，能改裝。」他由一個娜拉的出走想到中國婦女的命運與出路，進而想到中國社會的變革——真正的由小而大。

——李文儒《走進魯迅世界》

論「他媽的！」

無論是誰，只要在中國過活，便總得常聽到「他媽的」或其相類的口頭禪。我想：這話的分佈，大概就跟著中國人足跡之所至罷；使用的遍數，怕也未必比客氣的「您好呀」會更少。假使依或人所說，牡丹是中國的「國花」，那麼，這就可以算是中國的「國罵」了。

我生長於浙江之東，就是西瀅先生之所謂「某籍」。那地方通行的「國罵」卻頗簡單：專一以「媽」為限，決不牽涉餘人。後來稍遊各地，才始驚異於國罵之博大而精微：上溯祖宗，旁連姊妹，下遞子孫，普及同性，真是「猶河漢而

無極也」。而且，不特用於人，也以施之獸。前年，曾見一輛煤車的只輪陷入很深的轍跡裏，車夫便憤然跳下，出死力打那拉車的騾子道：「你姊姊的！你姊姊的！」

別的國度裏怎樣，我不知道。單知道諾威人 Hamsun 有一本小說叫《饑餓》，粗野的口吻是很多的，但我並不見這一類話。Gorky 所寫的小說中多無賴漢，就我所看過的而言，也沒有這罵法。惟獨 Artzybashev 在《工人綏惠略夫》裏，卻使無抵抗主義者亞拉借夫罵了一句「你媽的」。但其時他已經決計為愛而犧牲了，使我們也失卻笑他自相矛盾的勇氣。這罵的翻譯，在中國原極容易的，別國卻似乎為難，德文譯本作「我使用過你的媽」，日文譯本作「你的媽是我的母狗」。這實在太費解，——由我的眼光看起來。

那麼，俄國也有這類罵法的了，但因為究竟沒有中國似的精博，所以光榮還得歸到這邊來。好在這究竟又並非什麼大光榮，所以他們大約未必抗議；也不如「赤化」之可怕，

中國的闊人，名人，高人，也不至於駭死的。但是，雖在中國，說的也獨有所謂「下等人」，例如「車夫」之類，至於有身分的上等人，例如「士大夫」之類，則決不出之於口，更何況筆之於書。「予生也晚」，趕不上周朝，未為大夫，也沒有做士，本可以放筆直幹的，然而終於改頭換面，從「國罵」上削去一個動詞和一個名詞，又改對稱為第三人稱者，恐怕還因為到底未曾拉車，因而也就不免「有點貴族氣味」之故。那用途，既然只限於一部分，似乎又有些不能算作「國罵」了；但也不然，闊人所賞識的牡丹，下等人又何嘗以為「花之富貴者也」？

這「他媽的」的由來以及始於何代，我也不明白。經史上所見罵人的話，無非是「役夫」，「奴」，「死公」；較厲害的，有「老狗」，「貉子」；更厲害，涉及先代的，也不外乎「而母婢也」，「贅閹遺醜」罷了！還沒見過什麼「媽的」怎樣，雖然也許是士大夫諱而不錄。但《廣弘明

集》（七）記北魏邢子才「以為婦人不可保。謂元景曰，『卿何必姓王？』元景變色。子才曰，『我亦何必姓邢；能保五世耶？』」則頗有可以推見消息的地方。

晉朝已經是大重門第，重到過度了；華冑世業，子弟便易於得官；即使是一個酒囊飯袋，也還是不失為清品。北方疆土雖失於拓跋氏，士人卻更其發狂似的講究閥閱，區別等第，守護極嚴。庶民中縱有俊才，也不能和大姓比並。至於大姓，實不過承祖宗餘蔭，以舊業驕人，空腹高心，當然使人不耐。但士流既然用祖宗做護符，被壓迫的庶民自然也就將他們的祖宗當作仇敵。邢子才的話雖然說不定是否出於憤激，但對於躲在門第下的男女，卻確是一個致命的重傷。勢位聲氣，本來僅靠了「祖宗」這惟一的護符而存，「祖宗」倘一被毀，便什麼都倒敗了。這是倚賴「餘蔭」的必得的果報。

同一的意思，但沒有邢子才的文才，而直出於「下等

人」之口的，就是「他媽的！」

要攻擊高門大族的堅固的舊堡壘，卻去瞄準他的血統，在戰略上，真可謂奇譎的了。最先發明這一句「他媽的」的人物，確要算一個天才，——然而是一個卑劣的天才。

唐以後，自誇族望的風氣漸漸消除；到了金元，已奉夷狄為帝王，自不妨拜屠沽作卿士，「等」的上下本該從此有些難定了，但偏還有人想辛辛苦苦地爬進「上等」去。劉時中的曲子裏說：「堪笑這沒見識街市匹夫，好打那好頑劣。江湖伴侶，旋將表德官名相體呼，聲音多廝稱，字樣不尋俗。聽我一個個細數：糶米的喚子良；賣肉的呼仲甫……

開張賣飯的呼君寶；磨面登羅底叫德夫：何足云乎？！」（《樂府新編陽春白雪》三）這就是那時的暴發戶的醜態。

「下等人」還未暴發之先，自然大抵有許多「他媽的」在嘴上，但一遇機會，偶竊一位，略識幾字，便即文雅起

來：雅號也有了；身分也高了；家譜也修了，還要尋一個始祖，不是名儒便是名臣。從此化為「上等人」，也如上等前輩一樣，言行都很溫文爾雅。然而愚民究竟也有聰明的，早已看穿了這鬼把戲，所以又有俗諺，說：「口上仁義禮智，心裏男盜女娼！」他們是很明白的。

於是他們反抗了，曰：「他媽的！」

但人們不能蔑棄掃蕩人我的餘澤和舊蔭，而硬要去做別人的祖宗，無論如何，總是卑劣的事。有時，也或加暴力於所謂「他媽的」的生命上，但大概是乘機，而不是造運會，所以無論如何，也還是卑劣的事。

中國人至今還有無數「等」，還是依賴門第，還是倚仗祖宗。倘不改造，即永遠有無聲的或有聲的「國罵」。就是「他媽的」，圍繞在上下和四旁，而且這還須在太平的時候。

但偶爾也有例外的用法：或表驚異，或表感服。我曾在

家鄉看見鄉農父子一同午飯，兒子指一碗菜向他父親說：「這不壞，媽的你嘗嘗看！」那父親回答道：「我不要吃。媽的你吃去罷！」則簡直已經醇化為現在時行「我的親愛的」的意思了。

一九二五年七月十九日

名家．解讀

我們驚異於魯迅審視「他媽的」這一國人的口頭禪時所表現出的淵博的歷史知識和深邃犀利的歷史眼光。透過「他媽的」表面現象，魯迅深挖出來的是「國罵」背後深層的社會問題與眾生世相。魯迅將「國罵」的根源，歸於歷史上形成並流傳並根植於人們意識深處而守護極嚴的門閥等級制度及其觀念。

然而，不正視現實，躲開了現實，眼睛只盯著「祖宗」，拐著彎兒的去罵祖宗出氣，絲毫不解決現實問題，簡直是阿Q式的戰法了。所以魯迅說：「最先發明這一句『他媽的』的人物，確要算一個天才，——然而是一個卑劣的天才。」

魯迅看不起這種卑劣的戰法，並看穿了慣用卑劣戰法者的卑劣。這類「下等人」……在罵別人的祖宗時，是恨自己沒有別人似的祖宗；一旦發跡了，便學著先前被他罵過的祖宗的樣子為自己的子弟當起有用的祖宗了。「口上仁義禮智，心裏男盜女娼！」「他媽的！」他們還得挨罵。

改造必須徹底。那就是人人不僅能夠蔑棄掃蕩別人的「餘澤和舊蔭」，更有勇氣蔑棄掃蕩屬於自己的「餘澤和舊蔭」；革命要革別人的命，更要革自己的命，革靈魂深處的或者已經成為無意識的那個「他媽的」的命。只有這樣的改造，「他媽的」或許才可能成為歷史，即便留存，也才有可

能僅僅保留其「我的親愛的」意思。

——李文儒《走進魯迅世界》

《我的懺悔》（之一百五十四）1919年創作

談皇帝

中國人的對付鬼神，兇惡的是奉承，如瘟神和火神之類，老實一點的就要欺侮，例如對於土地或灶君。待遇皇帝也有類似的意思。君民本是同一民族，亂世時「成則為王敗則為賊」，平常是一個照例做皇帝，許多個照例做平民；兩者之間，思想本沒有什麼大差別。所以皇帝和大臣有「愚民政策」，百姓們也自有其「愚君政策」。

往昔的我家，曾有一個老僕婦，告訴過我她所知道，而且相信的對付皇帝的方法。她說——

「皇帝是很可怕的。他坐在龍位上，一不高興，就要殺

人；不容易對付的。所以吃的東西也不能隨便給他吃，倘是不容易辦到的，他吃了又要，一時辦不到；——譬如他冬天想到瓜，秋天要吃桃子，辦不到，他就生氣，殺人了。現在是一年到頭給他吃波菜，一要就有，毫不為難。但是倘說是波菜，他又要生氣的，因為這是便宜貨，所以大家對他就不稱為波菜，另外起一個名字，叫作『紅嘴綠鸚哥』。」

在我的故鄉，是通年有波菜的，根很紅，正如鸚哥的嘴一樣。

這樣的連愚婦人看來，也是呆不可言的皇帝，似乎大可以不要了。然而並不，她以為要有的，而且應該聽憑他作威作福。至於用處，彷彿在靠他來鎮壓比自己更強梁的別人，所以隨便殺人，正是非備不可的要件。然而倘使自己遇到，且須侍奉呢？可又覺得有些危險了，因此只好又將他練成傻子，終年耐心地專吃著「紅嘴綠鸚哥」。

其實利用了他的名位，「挾天子以令諸侯」的，和我那

老僕婦的意思和方法都相同，不過一則又要他弱，一則又要他愚。儒家的靠了「聖君」來行道也就是這玩意，因為要「靠」，所以要他威重，位高；因為要便於操縱，所以又要他頗老實，聽話。

皇帝一自覺自己的無上威權，這就難辦了。既然「普天之下，莫非皇土」，他就胡鬧起來，還說是「自我得之，自我失之，我又何恨」哩！於是聖人之徒也只好請他吃「紅嘴綠鸚哥」了，這就是所謂「天」。據說天子的行事，是都應該體帖天意，不能胡鬧的；而這「天意」也者，又偏只有儒者們知道著。

這樣，就決定了：要做皇帝就非請教他們不可。

然而不安分的皇帝又胡鬧起來了。你對他說「天」麼，他卻道，「我生不有命在天？！」豈但不仰體上天之意而已，還逆天，背天，「射天」，簡直將國家鬧完，使靠天吃飯的聖賢君子們，哭不得，也笑不得。

於是乎他們只好去著書立說，將他罵一通，預計百年之後，即身歿之後，大行於時，自以為這就了不得。但那些書上，至多就止記著「愚民政策」和「愚君政策」全都不成功。

二月十七日

名家．解讀

在封建專制制度下，在沒有科學規則的體制裏，雖說皇帝至高無上，可以隨心所欲地操縱愚弄臣民百姓，而臣民百姓何嘗不變著法兒地愚官愚君呢？

所謂「愚」，說穿了就是欺騙和利用。君臣之間，君民之間，臣民之間，包括君君之間，臣臣之間，民民之間，就這麼互愚著，相互欺騙著利用著。「愚」簡直成為結構社會

的紐帶，社會便成為魯迅所說的「瞞和騙」的大澤。

談皇帝談出來的是「皇帝制」下的社會關係，這關係就是互愚，即互相欺騙互相利用，上邊騙下邊，下邊騙上邊，夾在中間的既騙上邊又騙下邊。歷史這樣記載著：互愚互騙的政策「全都不成功」。

——李文儒《走進魯迅世界》

略論中國人的臉

大約人們一遇到不大看慣的東西，總不免以為他古怪。我還記得初看見西洋人的時候，就覺得他臉太白，頭髮太黃，眼珠太淡，鼻樑太高。雖然不能明明白白地說出理由來，但總而言之：相貌不應該如此。至於對於中國人的臉，是毫無異議；即使有好醜之別，然而都不錯的。

我們的古人，倒似乎並不放鬆自己中國人的相貌。周的孟軻就用眸子來判胸中的正不正，漢朝還有《相人》二十四卷。後來鬧這玩藝兒的尤其多；分起來，可以說有兩派罷：一是從臉上看出他的智愚賢不肖；一是從臉上看出他過去，

現在和將來的榮枯。於是天下紛紛，從此多事，許多人就都戰戰兢兢地研究自己的臉。我想，鏡子的發明，恐怕這些人和小姐們是大有功勞的。不過近來前一派已經不大有人講究，在北京上海這些地方搗鬼的都只是後一派了。

我一向只留心西洋人。留心的結果，又覺得他們的皮膚未免太粗；毫毛有白色的，也不好。皮上常有紅點，即因為顏色太白之故，倒不如我們之黃。尤其不好的是紅鼻子，有時簡直像是將要熔化的蠟燭油，彷彿就要滴下來，使人看得栗栗危懼，也不及黃色人種的較為隱晦，也見得較為安全。總而言之：相貌還是不應該如此的。

後來，我看見西洋人所畫的中國人，才知道他們對於我們的相貌也很不敬。那似乎是《天方夜談》或者《安兌生童話》中的插畫，現在不很記得清楚了。頭上戴著拖花翎的紅纓帽，一條辮子在空中飛揚，朝靴的粉底非常之厚。但這些都是滿洲人連累我們的。獨有兩眼歪斜，張嘴露齒，卻是我

們自己本來的相貌。不過我那時想，其實並不儘然。外人特地要奚落我們，所以格外形容得過度了。

但此後對於中國一部分人們的相貌，我也逐漸感到一種不滿，就是他們每看見不常見的事件或華麗的女人，聽到有些醉心的說話的時候，下巴總要慢慢掛下，將嘴張了開來。這實在不大雅觀；彷彿精神上缺少著一樣什麼機體。據研究人體的學者們說，一頭附著在上顎骨上，那一頭附著在下顎骨上的「咬筋」，力量是非常之大的。我們幼小時候想吃核桃，必須放在門縫裏將它的殼夾碎。但在成人，只要牙齒好，那咬筋一收縮，便能咬碎一個核桃。有著這麼大的力量的筋，有時竟不能收住一個並不沉重的自己的下巴，雖然正在看得出神的時候，倒也情有可原，但我總以為究竟不是十分體面的事。

日本的長谷川如是閑是善於做諷刺文字的。去年我見過他的一本隨筆集，叫作《貓・狗・人》；其中有一篇就說

到中國人的臉。大意是初見中國人，即令人感到較之日本人或西洋人，臉上總欠缺著一點什麼。久而久之，看慣了，便覺得這樣已經盡夠，並不缺少東西；倒是看得西洋人之流的臉上，多餘著一點什麼。這多餘著的東西，他就給它一個不大高妙的名目：獸性。中國人的臉上沒有這個，是人，則加上多餘的東西，即成了下列的算式：

人＋獸性＝西洋人

他借了稱讚中國人，貶斥西洋人，來譏刺日本人的目的，這樣就達到了，自然不必再說這獸性的不見於中國人的臉上，是本來沒有的呢，還是現在已經消除。如果是後來消除的，那麼，是漸漸淨盡而只剩了人性的呢，還是不過漸漸成了馴順。野牛成為家牛，野豬成為豬，狼成為狗，野性是消失了，但只足使牧人喜歡，於本身並無好處。人不過是人，不再夾雜著別的東西，當然再好沒有了。倘不得已，我

以為還不如帶些獸性，如果合於下列的算式倒是不很有趣的：

人＋家畜性＝某一種人

中國人的臉上真可有獸性的記號的疑案，暫且中止討論罷。我只要說近來卻在中國人所理想的古今人的臉上，看見了兩種多餘。一到廣州，我覺得比我所從來的廈門豐富得多的，是電影，而且大半是「國片」，有古裝的，有時裝的。因為電影是「藝術」，所以電影藝術家便將這兩種多餘加上去了。

古裝的電影也可以說是好看，那好看不下於看戲；至少，決不至於有大鑼大鼓將人的耳朵震聾。在「銀幕」上，則有身穿不知何時何代的衣服的人物，緩慢地動作；臉正如古人一般死，因為要顯得活，便只好加上些舊式戲子的昏庸。

時裝人物的臉，只要見過清朝光緒年間上海的吳友如的《畫報》的，便會覺得神態非常相像。《畫報》所畫的大抵不是流氓拆梢，便是妓女吃醋，所以臉相都狡猾。這精神似乎至今不變，國產影片中的人物，雖是作者以為善人傑士者，眉宇間也總帶些上海洋場式的狡猾。可見不如此，是連善人傑士也做不成的。

聽說，國產影片之所以多，是因為華僑歡迎，能夠獲利，每一新片到，老的便帶了孩子去指點給他們看道：「看哪，我們的祖國的人們是這樣的。」在廣州似乎也受歡迎，日夜四場，我常見看客坐得滿滿。廣州現在也如上海一樣，正在這樣地修養他們的趣味。可惜電影一開演，電燈一定熄滅，我不能看見人們的下巴。

四月六日

名家・解讀

文章首先寫了西洋人的臉，經過反覆的描述，得出了「人＋獸性＝西洋人」的結論。這是襯托和對比，文章的重心在於「中國人的臉」。中國的古人醉心於相學，據說可以從臉上看出一個人的賢愚不肖或過去、現在和未來的榮枯。迷信，愚昧，荒唐，可笑，這就是我們這個民族的「傳統文化」嗎？文章末尾寫了國人的現狀：碌碌無為，不思進取。文章將古今對接起來，兩千多年的時間流駛，結果還是「老樣子」，沒什麼「長進」。

要緊的當然還是直觀地「畫」出中國人的「臉」來：「一條辮子在空中飛揚」、「朝靴的粉底非常之厚」，寫頭和腳也是襯托，接著就聚焦到「臉」上，「兩眼歪斜，張嘴露齒」，總讓人覺得「精神上缺少一樣什麼肌體」。這樣的「臉」與西洋人不同，獸性是沒有了，卻有了「家畜性」，亦即被馴順了的奴性。奴性是魯迅先生對國民性的一大發現，在他的文字裏始終貫穿著對這一民族劣根性的無情揭露和深刻批判。

文章善用曲筆、反諷等藝術手法，幽默、生動而耐人尋味。細節的運用尤為高妙，在論中國人的「臉」的時候，突出了總是掛下來的「下巴」，「將嘴張了開來，實在不大雅觀」，這樣傳神的描繪，從形體到精神，活畫了「國民性」的特徵：呆滯、鬆弛、痲木、昏庸，令人拍案叫絕。

——石翔《魯迅雜文解析》

宣傳與做戲

就是剛剛說過的日本人，他們做文章論及中國的國民性的時候，內中往往有一條叫作「善於宣傳」。看他的說明，這「宣傳」兩字卻又不像是平常的「Propaganda」，而是「對外說謊」的意思。

這宗話，影子是有一點的。譬如罷，教育經費用光了，卻還要開幾個學堂，裝裝門面；全國的人們十之九不識字，然而總得請幾位博士，使他對西洋人去講中國的精神文明；至今還是隨便拷問，隨便殺頭，一面卻總支撐維持著幾個洋式的「模範監獄」，給外國人看看。還有，離前敵很遠的將軍，他偏要大打電報，說要「為國前驅」。連體操班也不願意上的學生少爺，他偏要穿上軍裝，說是「滅此朝食」。

不過，這些究竟還有一點影子；究竟還有幾個學堂，幾個博士，幾個模範監獄，幾個通電，幾套軍裝。所以說是「說謊」，是不對的。這就是我之所謂「做戲」。

但這普遍的做戲，卻比真的做戲還要壞。真的做戲，是只有一時；戲子做完戲，也就恢復為平常狀態的。楊小樓做《單刀赴會》，梅蘭芳做《黛玉葬花》，只有在戲臺上的時候是關雲長，是林黛玉，下臺就成了普通人，所以並沒有大弊。倘使他們扮演一回之後，就永遠提著青龍偃月刀或鋤頭，以關老爺，林妹妹自命，怪聲怪氣，唱來唱去，那就實在只好算是發熱昏了。

不幸因為是「天地大戲場」，可以普遍的做戲者，就很難有下臺的時候，例如楊縵華女士用自己的天足，踢破小國比利時女人的「中國女人纏足說」，為面子起見，用權術來

解圍，這還可以說是很該原諒的。但我以為應該這樣就拉倒。現在回到寓裏，做成文章，這就是進了後臺還不肯放下青龍偃月刀；而且又將那文章送到中國的《申報》上來發表，則簡直是提著青龍偃月刀一路唱回自己的家裏來了。難道作者真已忘記了中國女人曾經纏腳，至今也還有正在纏腳的麼？還是以為中國人都已經自己催眠，覺得全國女人都已穿了高跟皮鞋了呢？

這不過是一個例子罷了，相像的還多得很，但恐怕不久天也就要亮了。

名家‧解讀

魯迅有一篇雜文的題目叫《宣傳與做戲》，說外國人論及中國國民性時，常說中國人「善於宣傳」，這裏的「宣傳」其實是「對外說謊」的意思；但魯迅認為，即使是「說謊」，也還要「有一點影子」，最可怕的是中國所有的是無影的憑空「做戲」，而「這普通的做戲，卻比真的做戲還要壞」，因為「真的做戲，是只有一時；戲子做完戲，也就恢復為平常狀態的」，而我們現在是時時刻刻做戲，臺上做戲還不夠，回到家裏，還要「做」成文章，送到報刊上發表：「宣傳與做戲」這四個字真是道破了中國的報刊的全部祕密。魯迅在《偽自由書》裏的一篇雜文，對我們在報刊上「日日所見的文章」也有一個十分透闢的分析：這些文章都很「難」讀，因為「有明說要做，其實不做的；有明說不做，其實要做的；有明說做這樣，其實做那樣的；有其實自己要這麼做，倒說別人要這麼做的；有一聲不響，而其實倒做了的。然而也有說這樣，竟這樣的」。因此，就像要有「看夜的眼睛」一樣，在中國，也要學會「看報」的眼睛，否則是要上大當、吃大虧的。而魯迅正有這樣的眼睛，而且

簡直可以說是「金睛火眼」——說是「毒眼」也成。

魯迅提出了一種「推背」式的讀法：所謂「推背」就是「從反面來推測未來的情形」，以此法讀報，就是「正面文章反看法」。……但魯迅又提醒我們：報紙也會登些「無須『推背』」的真實「記載」，這樣真、假混雜，讓你似信非信，才能取得「宣傳」的效果，我們也就不免「糊塗」起來，要辨別報刊文章的真假也不容易。

——錢理群《「其中有著時代的眉目」》

出賣靈魂的秘訣

幾年前，胡適博士曾經玩過一套「五鬼鬧中華」的把戲，那是說：這世界上並無所謂帝國主義之類在侵略中國，倒是中國自己該著「貧窮」，「愚昧」……等五個鬼，鬧得大家不安寧。現在，胡適博士又發見了第六個鬼，叫做仇恨。這個鬼不但鬧中華，而且禍延友邦，鬧到東京去了。因此，胡適博士對症發藥，預備向「日本朋友」上條陳。

據博士說：「日本軍閥在中國暴行所造成之仇恨，到今日已頗難消除」，「而日本決不能用暴力征服中國」（見報載胡適之的最近談話，下同）。這是值得憂慮的：難道真的

沒有方法征服中國麼？不，法子是有的。「九世之仇，百年之友，均在覺悟不覺悟之關係頭上，」——「日本只有一個方法可以征服中國，即懸崖勒馬，徹底停止侵略中國，反過來征服中國民族的心。」

這據說是「征服中國的唯一方法」。不錯，古代的儒教軍師，總說「以德服人者王，其心誠服也」。胡適博士不愧為日本帝國主義的軍師。但是，從中國小百姓方面說來，這卻是出賣靈魂的唯一祕訣。中國小百姓實在「愚昧」，原不懂得自己的「民族性」，所以他們一向會仇恨，如果日本陛下大發慈悲，居然採用胡博士的條陳，那麼，所謂「忠孝仁愛信義和平」的中國固有文化，就可以恢復：——因為日本不用暴力而用軟功的王道，中國民族就不至於再生仇恨，因為沒有仇恨，自然更不抵抗，因為更不抵抗，自然就更和平，更忠孝……中國的肉體固然買到了，中國的靈魂也被征服了。

可惜的是這「唯一方法」的實行，完全要靠日本陛下的覺悟。如果不覺悟，那又怎麼辦？胡博士回答道：「到無可奈何之時，真的接受一種恥辱的城下之盟」好了。那真是無可奈何的呵——因為那時候「仇恨鬼」是不肯走的，這始終是中國民族性的污點，即為日本計，也非萬全之道。

因此，胡博士準備出席太平洋會議，再去「忠告」一次他的日本朋友：征服中國並不是沒有法子的，請接受我們出賣的靈魂罷，何況這並不難，所謂「徹底停止侵略」，原只要執行「公平的」李頓報告——仇恨自然就消除了！

三月二十二日

名家・解讀

胡適先生一九三〇年4月在《新月》月刊第二卷第十期

發表了《我們走哪一條路》，其後圍繞文中的主要觀點又有一些關於國家命運的談話。胡適認為，危害中國有五大仇敵，即貧窮、疾病、愚昧、貪污、擾亂。後來又加上了一個，曰仇恨，即中國人對日本人的仇恨。本文主要是針對胡適的「仇恨」論進行批駁的。

胡適說，日本決不能以武力征服中國，那麼怎麼辦呢？「日本只有一個方法可以征服中國，即懸崖勒馬，徹底停止侵略中國，反過來征服中國民族的心。」魯迅尖銳地指出，持這種論調的胡適，真「不愧為日本帝國主義的軍師」。面對日本帝國主義侵略的囂張氣焰，當此民族和家國生死存亡的危機關頭，胡適竟然站在侵略者的立場並為之出謀劃策，「這是出賣靈魂的秘訣」，魯迅先生的概括簡潔而準確，令論敵無可逃遁。

魯迅先生的雜文有一種特殊的寫法，即順著論敵的思路，一步步地往前推演，在因果關係的不斷遞進中，最終將

論敵的荒謬放大到極致，同時也就暴露無遺。下面這段文字可謂這種「歸謬法」的典範：「因為日本不用暴力而用軟功的王道，中國民族就不至於再生仇恨，因為沒有仇恨，自然就更不抵抗，自然就更和平，更忠孝……中國的肉體固然買到了，中國的靈魂也被征服了。」

本文最初發表於一九三三年3月26日《申報・自由談》，署名何家幹，實為瞿秋白所寫。瞿秋白是魯迅先生的「知己」，瞿去世後，魯迅曾以抱病之身個人出資編輯出版了《海上述林》，收錄了瞿的主要作品包括一些因政治原因當時不能公開署名的文章。瞿與魯雜文寫作的風格極為相似，互為融會，互為輝映。

——石翔《魯迅雜文解析》

男人的進化

說禽獸交合是戀愛未免有點褻瀆。但是，禽獸也有性生活，那是不能否認的。牠們在春情發動期，雌的和雄的碰在一起，難免「卿卿我我」的來一陣。固然，雌的有時候也會裝腔做勢，逃幾步又回頭看，還要叫幾聲，直到實行「同居之愛」為止。禽獸的種類雖然多，牠們的「戀愛」方式雖然複雜，可是有一件事是沒有疑問的：就是雄的不見得有什麼特權。

人為萬物之靈，首先就是男人的本領大。最初原是馬馬虎虎的，可是因為「知有母不知有父」的緣故，娘兒們曾經

「統治」過一個時期，那時的祖老太太大概比後來的族長還要威風。後來不知怎的，女人就倒了楣：項頸上，手上，腳上，全都鎖上了鏈條，扣上了圈兒，環兒，——雖則過了幾千年這些圈兒環兒大都已經變成了金的銀的，鑲上了珍珠寶鑽，然而這些項圈，鐲子，戒指等等，到現在還是女奴的象徵。既然女人成了奴隸，那就男人不必徵求她的同意再去「愛」她了。古代部落之間的戰爭，結果俘虜會變成奴隸，女俘虜就會被強姦。那時候，大概春情發動期早就「取消」了，隨時隨地男主人都可以強姦女俘虜，女奴隸。現代強盜惡棍之流的不把女人當人，其實是大有酋長式武士道的遺風的。

但是，強姦的本領雖然已經是人比禽獸「進化」的一步，究竟還只是半開化。你想，女的哭哭啼啼，扭手扭腳，能有多大興趣？自從金錢這寶貝出現之後，男人的進化就真的了不得了。天下的一切都可以買賣，性欲自然並非例外。

男人化幾個臭錢，就可以得到他在女人身上所要得到的東西。而且他可以給她說：我並非強姦你，這是你自願的，你願意拿幾個錢，你就得如此這般，百依百順，咱們是公平交易！蹂躪了她，還要她說一聲「謝謝你，大少」。這是禽獸幹得來的麼？所以嫖妓是男人進化的頗高的階段了。

同時，父母之命媒妁之言的舊式婚姻，卻要比嫖妓更高明。這制度之下，男人得到永久的終身的活財產。當新婦被人放到新郎的床上的時候，她只有義務，她連講價錢的自由也沒有，何況戀愛。不管你愛不愛，在周公孔聖人的名義之下，你得從一而終，你得守貞操。男人可以隨時使用她，而她卻要遵守聖賢的禮教，即使「只在心裏動了惡念，也要算犯姦淫」的。如果雄狗對雌狗用起這樣巧妙而嚴厲的手段來，雌的一定要急得「跳牆」。然而人卻只會跳井，當節婦，貞女，烈女去。禮教婚姻的進化意義，也就可想而知了。

至於男人會用「最科學的」學說，使得女人雖無禮教，也能心甘情願地從一而終，而且深信性欲是「獸欲」，不應當作為戀愛的基本條件；因此發明「科學的貞操」，——那當然是文明進化的頂點了。

嗚呼，人——男人——之所以異於禽獸者！

自注：這篇文章是衛道的文章。

九月三日

名家．解讀

篇末的自注是反語，不是衛道的文章，而是嚴厲批判封建道德的文章。這與本章題目的反語一致，不是指進步意義上的男人的進化，而是男權思想支配下男人道德的墮落。

從這個角度入手，文章雖然短小，卻構成一篇論述中國

男女關係演變歷史的大作。

從結構上看，從說禽獸開篇，最後又歸之於禽獸；中間的每一部分均與禽獸聯繫，使得全篇的感情色彩極為濃烈——所謂男人道德已經墮落到了不如禽獸的地步。

男主人隨時強姦女奴，這是男人「進化」的第一階段，現代強盜惡棍強暴女人算是這種「進化」的遺風。

男人「進化」的第二階段，是金錢出現之後，「男人化幾個臭錢，就可以得到他在女人身上所要得到的東西。」這第二階段，比起禽獸來，更「進化」得了不得了。

第三階段，是男人得到永久的終身的活財產的舊式婚姻，也即封建婚姻。

這時候，女人連講價錢的自由也沒有了。

更有甚者，發展到現代科學的社會，男人們打起科學學說的旗號整治女人了。即使男人沒有性的功能，女人又無視禮教，也得讓你心甘情願地從一而終，那理由很科學，性欲

是「獸欲」，不應當作為戀愛的基本條件，你應該恪守這種「科學的貞操」。

至此，男人算是「進化」到文明的頂點了。

「嗚呼，人——男人——之所以異於禽獸者！」

——李文儒《走進魯迅世界》

拿來主義

中國一向是所謂「閉關主義」，自己不去，別人也不許來。自從給槍炮打破了大門之後，又碰了一串釘子，到現在，成了什麼都是「送去主義」了。別的且不說罷，單是學藝上的東西，近來就先送一批古董到巴黎去展覽，但終「不知後事如何」；還有幾位「大師」們捧著幾張古畫和新畫，在歐洲各國一路的掛過去，叫作「發揚國光」。聽說不遠還要送梅蘭芳博士到蘇聯去，以催進「象徵主義」，此後是順便到歐洲傳道。我在這裏不想討論梅博士演藝和象徵主義的關係，總之，活人替代了古董，我敢說，也可以算得顯出一

點進步了。

但我們沒有人根據了「禮尚往來」的儀節，說道：拿來！

當然，能夠只是送出去，也不算壞事情，一者見得豐富，二者見得大度。尼采就自詡過他是太陽，光熱無窮，只是給與，不想取得。然而尼采究竟不是太陽，他發了瘋。中國也不是，雖然有人說，掘起地下的煤來，就足夠全世界幾百年之用。但是，幾百年之後呢？幾百年之後，我們當然是化為魂靈，或上天堂，或落了地獄，但我們的子孫是在的，所以還應該給他們留下一點禮品。要不然，則當佳節大典之際，他們拿不出東西來，只好磕頭賀喜，討一點殘羹冷炙做獎賞。

這種獎賞，不要誤解為「拋來」的東西，這是「拋給」的，說得冠冕些，可以稱之為「送來」，我在這裏不想舉出實例。

我在這裏也並不想對於「送去」再說什麼，否則太不「摩登」了。我只想鼓吹我們再吝嗇一點，「送去」之外，還得「拿來」，是為「拿來主義」。

但我們被「送來」的東西嚇怕了。先有英國的鴉片，德國的廢槍炮，後有法國的香粉，美國的電影，日本的印著「完全國貨」的各種小東西。於是連清醒的青年們，也對於洋貨發生了恐怖。其實，這正是因為那是「送來」的，而不是「拿來」的緣故。

所以我們要運用腦髓，放出眼光，自己來拿！

譬如罷，我們之中的一個窮青年，因為祖上的陰功（姑且讓我這麼說說罷），得了一所大宅子，且不問他是騙來的，搶來的，或合法繼承的，或是做了女婿換來的。那麼，怎麼辦呢，我想，首先是不管三七二十一，「拿來」！但是，如果反對這宅子的舊主人，怕給他的東西染汙了，徘徊不敢走進門，是孱頭；勃然大怒，放一把火燒光，算是保存

自己的清白，則是昏蛋。不過因為原是羨慕這宅子的舊主人的，而這回接受一切，欣欣然的蹩進臥室，大吸剩下的鴉片，那當然更是廢物。「拿來主義」者是全不這樣的。

他佔有，挑選。看見魚翅，並不就拋在路上以顯其「平民化」，只要有養料，也和朋友們像蘿蔔白菜一樣的吃掉，只不用它來宴大賓；看見鴉片，也不當眾摔在毛廁裏，以見其徹底革命，只送到藥房裏去，以供治病之用，卻不弄「出售存膏，售完即止」的玄虛。只有煙槍和煙燈，雖然形式和印度，波斯，阿拉伯的煙具都不同，確可以算是一種國粹，倘使背著周遊世界，一定會有人看，但我想，除了送一點進博物館之外，其餘的是大可毀掉的了。還有一群姨太太，也大以請她們各自走散為是，要不然，「拿來主義」怕未免有些危機。

總之，我們要拿來。我們要或使用，或存放，或毀滅。那麼，主人是新主人，宅子也就會成為新宅子。然而首先要

這人沉著，勇猛，有辨別，不自私。沒有拿來的，人不能自成為新人，沒有拿來的，文藝不能自成為新文藝。

六月四日

名家．解讀

《拿來主義》是一篇精粹的短論，文中的見解，閃耀著思想的光輝，在今天也很有現實意義。正確對待古代和外國文化的方針，是「古為今用」、「洋為中用」、「推陳出新」。「拿來主義」深刻而又生動地闡明了這一原理。

這篇文章的中心論題是鼓吹實行「拿來主義」。但第一部分並沒有一下子就提出論題，而是由遠及近，以破為主，批判「閉關主義」，「送去主義」，以及「拋給」即「送來」等等，在「破」的過程中，水到渠成地提出「拿來主義」的正確主張。後半篇文章集中力量展開對「拿來主義」的全面論述，以立論為主。但在「立」的過程中，又破了對待文化遺產的各種錯誤傾向。這樣由遠及近，逐層推進，先破後立，破立結合，使文章對比鮮明，反襯強烈，論述透闢，具有強大的邏輯力量。

文章把文化遺產比喻為祖先留下的一所大宅子，設喻貼切。通過「孱頭」、「昏蛋」、「廢物」這三類人物對這所大宅子所持的不同態度，批判了對待文化遺產的各種錯誤傾向，然後又以「魚翅」、「鴉片」、「煙燈」等作比喻，闡明了對待文化遺產中精華和糟粕部分應取的態度，形象地闡述了馬克思主義關於批判地繼承文化遺產的原理。如何對待文化遺產，是一個重大的複雜的馬克思主義的原則問題。作者通過生動貼切的比喻，進行形象的說理，只用很短的篇幅，就全面、具體地闡明了問題，並給人以深刻的啟示，充分表現了作者高度的馬克思主義水準和高度的藝術表現力。

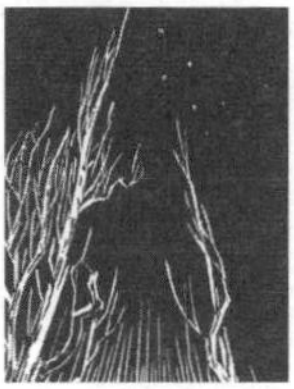

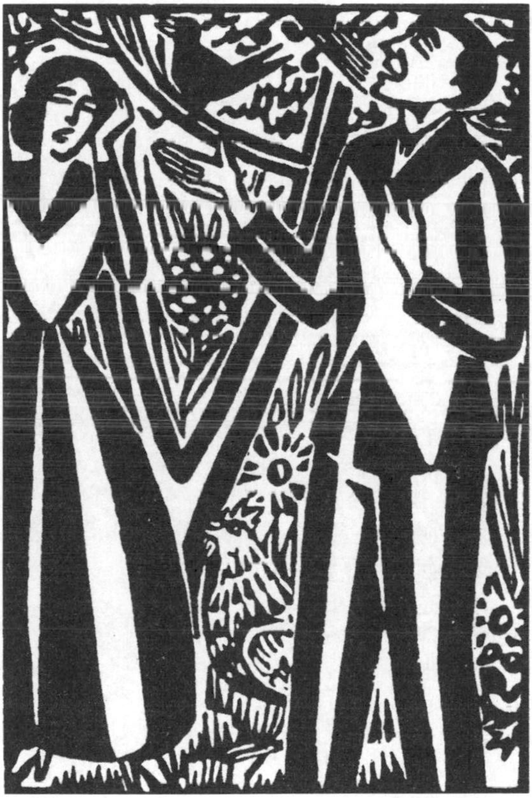

《沒有字的故事》（之二十八）　1920年創作

——郝明樹《魯迅雜文選講》

說「面子」

「面子」，是我們在談話裏常常聽到的，因為好像一聽就懂，所以細想的人大約不很多。

但近來從外國人的嘴裏，有時也聽到這兩個音，他們似乎在研究。他們以為這一件事情，很不容易懂，然而是中國精神的綱領，只要抓住這個，就像二十四年前的拔住了辮子一樣，全身都跟著走動了。相傳前清時候，洋人到總理衙門去要求利益，一通威嚇，嚇得大官們滿口答應，但臨走時，卻被從邊門送出去。不給他走正門，就是他沒有面子；他既然沒有了面子，自然就是中國有了面子，也就是占了上風

了。這是不是事實，我斷不定，但這故事，「中外人士」中是頗有些人知道的。

因此，我頗疑心他們想專將「面子」給我們。

但「面子」究竟是怎麼一回事呢？不想還好，一想可就覺得糊塗。它像是很有好幾種的，每一種身分，就有一種「面子」，也就是所謂「臉」。這「臉」有一條界線，如果落到這線的下面去了，即失了面子，也叫作「丟臉」。不怕「丟臉」，便是「不要臉」。但倘使做了超出這線以上的事，就「有面子」，或曰「露臉」。而「丟臉」之道，則因人而不同，例如車夫坐在路邊赤膊捉蝨子，並不算什麼，富家姑爺坐在路邊赤膊捉蝨子，才成為「丟臉」。但車夫也並非沒有「臉」，不過這時不算「丟」，要給老婆踢了一腳，就躺倒哭起來，這才成為他的「丟臉」。這一條「丟臉」律，是也適用於上等人的。這樣看來，「丟臉」的機會，似乎上等人比較的多，但也不一定，例如車夫偷一個錢袋，被

人發見，是失了面子的，而上等人大撈一批金珠珍玩，卻彷彿也不見得怎樣「丟臉」，況且還有「出洋考察」，是改頭換面的良方。

誰都要「面子」，當然也可以說是好事情，但「面子」這東西，卻實在有些怪。九月三十日的《申報》就告訴我們一條新聞：滬西有業木匠大包作頭之羅立鴻，為其母出殯，邀開「貰器店之王樹寶夫婦幫忙，因來賓眾多，所備白衣，不敷分配，其時適有名王道才，綽號三喜子，亦到來送殯，爭穿白衣不遂，以為有失體面，心中懷恨，……邀集徒黨數十人，各執鐵棍，據說尚有持手槍者多人，將王樹寶家人亂打，一時雙方有劇烈之戰爭，頭破血流，多人受有重傷。……」白衣是親族有服者所穿的，現在必須「爭穿」而又「不遂」，足見並非親族，但竟以為「有失體面」，演成這樣的大戰了。這時候，好像只要和普通有些不同便是「有面子」，而自己成了什麼，卻可以完全不管。這類脾氣，是

「紳商」也不免發露的：袁世凱將要稱帝的時候，有人以列名於勸進表中為「有面子」；有一國從青島撤兵的時候，有人以列名於萬民傘上為「有面子」。

所以，要「面子」也可以說並不一定是好事情——但我並非說，人應該「不要臉」。現在說話難，如果主張「非孝」，就有人會說你在煽動打父母，主張男女平等，就有人會說你在提倡亂交——這聲明是萬不可少的。

況且，「要面子」和「不要臉」實在也可以有很難分辨的時候。不是有一個笑話麼？一個紳士有錢有勢，我假定他叫四大人罷，人們都以能夠和他扳談為榮。有一個專愛誇耀的小癟三，一天高興的告訴別人道：「四大人和我講過話了！」人問他「說什麼呢？」答道：「我站在他門口，四大人出來了，對我說：滾開去！」當然，這是笑話，是形容這人的「不要臉」，但在他本人，是以為「有面子」的，如此的人一多，也就真成為「有面子」了。別的許多人，不是四

大人連「滾開去」也不對他說麼？

在上海，「吃外國火腿」雖然還不是「有面子」，卻也不算怎麼「丟臉」了，然而比起被一個本國的下等人所踢來，又彷彿近於「有面子」。

中國人要「面子」，是好的，可惜的是這「面子」是「圓機活法」，善於變化，於是就和「不要臉」混起來了。長谷川如是閑說「盜泉」云：「古之君子，惡其名而不飲，今之君子，改其名而飲之。」也說穿了「今之君子」的「面子」的祕密。

十月四日

名家．解讀

面子面子，表面之意也。中國人重表面不重不顧實際，

看重的就是這表面文章，這虛空的面子，至於實際上怎麼回事，好像和面子沒有關係，不想管也不去管。外國人對症下「藥」：你不是要面子愛面子嗎，好，我把這紙糊的面子給你們，而我們要你們的土地、財產、權利。用空洞的面子去換實際的利益，何樂而不為呢？外國人「專將『面子』給我們」，確實是對中國人的「面子」研究到家的結果。

大官們用虛假的保全面子法來補償恐懼洋人的心理，掩蓋喪權辱國的罪責，普通人呢，老百姓一句「死要面子活受罪」的妙語，道出了重名而失實的結果。

中國人的「面子」的另一實質，是要「面子」和「不要臉」往往是一回事。更可惡的是，今之君子，利用中國人「面子」加「圓機活法」，利用「要面子」和「不要臉」的微妙關係，打著「要面子」的旗號，或者在「改頭換面」的遮掩下，幹著「不要臉」的勾當。

——李文儒《走進魯迅世界》

再論「文人相輕」

今年的所謂「文人相輕」，不但是混淆黑白的口號，掩護著文壇的昏暗，也在給有一些人「掛著羊頭賣狗肉」的。

真的「各以所長，相輕所短」的能有多少呢！我們在近幾年所遇見的，有的是「以其所短，輕人所短」。例如白話文中，有些是詰屈難讀的，確是一種「短」，於是有人提了小品或語錄，向這一點昂然進攻了，但不久就露出尾巴來，暴露了他連對於自己所提倡的文章，也常常點著破句，「短」得很。有的卻簡直是「以其所短，輕人所長」了。例如輕蔑「雜文」的人，不但他所用的也是「雜文」，而他的

再論「文人相輕」

「雜文」，比起他所輕蔑的別的「雜文」來，還拙劣到不能相提並論。那些高談闊論，不過是契訶夫（A.Chekhov）所指出的登了不識羞的頂顛，傲視著一切，被輕者是無福和他們比較的，更從什麼地方「相」起？現在謂之「相」，其實是給他們一揚，靠了這「相」，也是「文人」了。然則，「所長」呢？

況且現在文壇上的糾紛，其實也並不是為了文筆的短長。文學的修養，決不能使人變成木石，所以文人還是人，既然還是人，他心裏就仍然有是非，有愛憎；但又因為是文人，他的是非就愈分明，愛憎也愈熱烈。從聖賢一直敬到騙子屠夫，從美人香草一直愛到麻瘋病菌的文人，在這世界上是找不到的，遇見所是和所愛的，他就擁抱，遇見所非和所憎的，他就反撥。如果第三者不以為然了，可以指出他所非的其實是「是」，他所憎的其實該愛來，單用了籠統的「文人相輕」這一句空話，是不能抹殺的，世間還沒有這種便宜

事。一有文人，就有糾紛，但到後來，誰是誰非，孰存孰亡，都無不明明白白。因為還有一些讀者，他的是非愛憎，是比和事老的評論家還要清楚的。

然而，又有人來恐嚇了。他說，你不怕麼？古之嵇康，在柳樹下打鐵，鍾會來看他，他不客氣，問道：「何所聞而來，何所見而去？」於是得罪了鍾文人，後來被他在司馬懿面前搬是非，送命了。所以你無論遇見誰，應該趕緊打拱作揖，讓坐獻茶，連稱「久仰久仰」才是。這自然也許未必全無好處，但做文人做到這地步，不是很有些近乎婊子了麼？況且這位恐嚇家的舉例，其實也是不對的，嵇康的送命，並非為了他是傲慢的文人，大半倒因為他是曹家的女婿，即使鍾會不去搬是非，也總有人去搬是非的，所謂「重賞之下，必有勇夫」者是也。

不過我在這裏，並非主張文人應該傲慢，或不妨傲慢，只是說，文人不應該隨和；而且文人也不會隨和，會隨和的，只有和事老。但這不隨和，卻又並非迴避，只是唱著所是，頌著所愛，而不管所非和所憎；他得像熱烈地主張著所是一樣，熱烈地攻擊著所非，像熱烈地擁抱著所愛一樣，更熱烈地擁抱著所憎——恰如赫爾庫來斯（Hereules）的緊抱了巨人安太烏斯（Antaeus）一樣，因為要折斷他的肋骨。

五月五日

名家・解讀

如魯迅所作的冷靜的具體分析，文壇上，真正相輕的文人並沒有多少。因為名副其實的學問家，文化人，文化視野都很寬廣，深知文化學問之博大與個人見識力量之有限，也深知任何一門學問來之不易，豈能無知到以所長輕所短，又豈敢以所長傲視所短呢？

另一種情況是借「文人相輕」的說法混淆黑白，抹殺是非，當和事佬。你要攻擊有害的事物嗎？你要批評不良的傾向嗎？你要明確表達你的愛憎嗎？好，那就送一頂「文人相輕」的帽子給你，讓你不再開口說話；最好是無論遇見誰，趕緊打拱作揖，連稱久仰久仰，無論遇到什麼事，一概不辨黑白不分是非。愛恨分明的魯迅最厭惡這種人與人之間虛偽的關係，他說：「做文人做到這地步，不是很有些近乎婊子了麼？」

真正的文人應該是什麼樣的呢？魯迅對文人提出了更高的要求，事實也應當如此，文人自比非文人讀書多，知識多，知書而識理，文化水準高，個人素質好，憂患意識，社會責任感，使命感強烈，理應在社會生活中，歷史活動中發揮更大的推動作用。……

——李文儒《走進魯迅世界》

我要騙人

疲勞到沒有法子的時候，也偶然佩服了超出現世的作家，要模仿一下來試試。然而不成功。超然的心，是得像貝類一樣，外面非有殼不可的。而且還得有清水。淺間山邊，倘是客店，那一定是有的罷，但我想，卻未必有去造「象牙之塔」的人的。

為了希求心的暫時的平安，作為窮餘的一策，我近來發明了別樣的方法了，這就是騙人。

去年的秋天或是冬天，日本的一個水兵，在閘北被暗殺了。忽然有了許多搬家的人，汽車租錢之類，都貴了好幾倍。搬家的自然是中國人，外國人是很有趣似的站在馬路旁邊看。我也常常去看的。一到夜裏，非常之冷靜，再沒有賣食物的小商人了，只聽得有時從遠處傳來著犬吠。然而過了兩三天，搬家好像被禁止了。員警拚死命的在毆打那些拉著行李的大車夫和洋車夫，日本的報章，中國的報章，都異口同聲的對於搬了家的人們給了一個「愚民」的徽號。這意思就是說，其實是天下太平的，只因為有這樣的「愚民」，所以把頗好的天下，弄得亂七八糟了。

我自始至終沒有動，並未加入「愚民」這一夥裏。但這並非為了聰明，卻只因為懶惰。也曾陷在五年前的正月的上海戰爭——日本那一面，好像是喜歡稱為「事變」似的——的火線下，而且自由早被剝奪，奪了我的自由的權力者，又拿著這飛上空中了，所以無論跑到那裏去，都是一個樣。中國的人民是多疑的。無論那一國人，都指這為可笑的缺點。然而懷疑並不是缺點。總是疑，而並不下斷語，這才是缺

點。我是中國人，所以深知道這祕密。其實，是在下著斷語的，而這斷語，乃是：到底還是不可信。但後來的事實，卻大抵證明了這斷語的的確。中國人不疑自己的多疑。所以我的沒有搬家，也並不是因為懷著天下太平的確信，說到底，仍不過為了無論那裏都一樣的危險的緣故。五年以前翻閱報章，看見過所記的孩子的死屍的數目之多，和從不見有記著交換俘虜的事，至今想起來，也還是非常悲痛的。

虐待搬家人，毆打車夫，還是極小的事情。中國的人民，是常用自己的血，去洗權力者的手，使他又變成潔淨的人物的，現在單是這模樣就完事，總算好得很。

但當大家正在搬家的時候，我也沒有整天站在路旁看熱鬧，或者坐在家裏讀世界文學史之類的心思。走遠一點，到電影院裏散悶去。一到那裏，可真是天下太平了。這就是大家搬家去住的處所。我剛要跨進大門，被一個十二三歲的女孩子捉住了。是小學生，在募集水災的捐款，因為冷，連鼻

子尖也凍得通紅。我說沒有零錢，她就用眼睛表示了非常的失望。我覺得對不起人，就帶她進了電影院，買過門票之後，付給她一塊錢。她這回是非常高興了，稱讚我道，「你是好人」，還寫給我一張收條。只要拿著這收條，就無論到那裏，都沒有再出捐款的必要。於是我，就是所謂「好人」，也輕鬆的走進裏面了。

看了什麼電影呢？現在已經絲毫也記不起。總之，大約不外乎一個英國人，為著祖國，征服了印度的殘酷的酋長，或者一個美國人，到亞非利加去，發了大財，和絕世的美人結婚之類罷。這樣的消遣了一些時光，傍晚回家，又走進了靜悄悄的環境。聽到遠地裏的犬吠聲。女孩子的滿足的表情的相貌，又在眼前出現，自己覺得做了好事情了，但心情又立刻不舒服起來，好像嚼了肥皂或者什麼一樣。

誠然，兩三年前，是有過非常的水災的，這大水和日本的不同，幾個月或半年都不退。但我又知道，中國有著叫作

「水利局」的機關，每年從人民收著稅錢，在辦事。但反而出了這樣的大水了。我又知道，有一個團體演了戲來籌錢，因為後來只有二十幾元，衙門就發怒不肯要。連被水災所害的難民成群的跑到安全之處來，說是有害治安，就用機關槍去掃射的話也都聽到過。恐怕早已統統死掉了罷。然而孩子們不知道，還在拚命的替死人募集生活費，募不到，就失望，募到手，就喜歡。而其實，一塊來錢，是連給水利局的老爺買一天的煙捲也不夠的。我明明知道著，卻好像也相信款子真會到災民的手裏似的，付了一塊錢。實則不過買了這天真爛漫的孩子的歡喜罷了。我不愛看人們的失望的樣子。

倘使我那八十歲的母親，問我天國是否真有，我大約是會毫不躊躕，答道真有的罷。

然而這一天的後來的心情卻不舒服。好像是又以為孩子和老人不同，騙她是不應該似的，想寫一封公開信，說明自己的本心，去消釋誤解，但又想到橫豎沒有發表之處，於是

中止了，時候已是夜裏十二點鐘。到門外去看了一下。

已經連人影子也看不見。只在一家的簷下，有一個賣餛飩的，在和兩個員警談閑天。這是一個平時不大看見的特別窮苦的肩販，存著的材料多得很，可見他並無生意。用兩角錢買了兩碗，和我的女人兩個人分吃了。算是給他賺一點錢。

莊子曾經說過：「幹下去的（曾經積水的）車轍裏的鮒魚，彼此用唾沫相濕，用濕氣相噓，」——然而他又說，「倒不如在江湖裏，大家互相忘卻的好。」

可悲的是我們不能互相忘卻。而我，卻愈加恣意的騙起人來了。如果這騙人的學問不畢業，或者不中止，恐怕是寫不出圓滿的文章來的。

但不幸而在既未卒業，又未中止之際，遇到山本社長了。因為要我寫一點什麼，就在禮儀上，答道「可以的」。因為說過「可以」，就應該寫出來，不要使他失望，然而，

到底也還是寫了騙人的文章。

寫著這樣的文章，也不是怎麼舒服的心地。要說的話多得很，但得等候「中日親善」更加增進的時光。不久之後，恐怕那「親善」的程度，竟會到在我們中國，認為排日即國賊——因為說是共產黨利用了排日的口號，使中國滅亡的緣故——而到處的斷頭臺上，都閃爍著太陽的圓圈的罷，但即使到了這樣子，也還不是披瀝真實的心的時光。

單是自己一個人的過慮也說不定：要彼此看見和瞭解真實的心，倘能用了筆，舌，或者如宗教家之所謂眼淚洗明瞭眼睛那樣的便當的方法，那固然是非常之好的，然而這樣便宜事，恐怕世界上也很少有。這是可以悲哀的。一面寫著漫無條理的文章，一面又覺得對不起熱心的讀者了。

臨末，用血寫添幾句個人的預感，算是一個答禮罷。

二月二十三日

名家．解讀

魯迅先生一生求真，縱然是在「萬家墨面沒蒿萊」的黑暗社會，在反動派瘋狂的血雨腥風中，他也要「直面慘澹的人生」，「正視淋漓的鮮血」，「直向刀叢覓小詩」。那麼，當我們初見魯迅先生寫於逝世之前的此文，便會感到驚詫；然而，細讀文章之後，感到的卻是震撼。

在一個冬天的早晨，魯迅走出家門，遇到了一個正在為災區難民募捐的小女孩。因為天冷，她的鼻子凍得通紅。在國民黨的腐敗統治下，魯迅深知這募捐款是萬萬到不了災民手裏的，小女孩的募捐毫無意義。然而，面對這個熱情天真的孩子，能把那殘酷的真相告訴她嗎？不能，而且還必須支持她。

魯迅給了她一元錢，小女孩緊緊地握住了他的手，連聲道謝並稱讚他是好人。望著滿意而去的小女孩的背影，魯迅

仍然感到一雙小手的溫暖，但這雙小手的溫暖卻像火一樣燒灼著他的心，因為他騙了這個孩子。

進而魯迅又想到，八十歲的老母親問他是否真的有天國，他竟然「毫不躊躇地答道真有的罷」。募捐的小女孩和自己的母親都是心靈最單純的人，面對她們或天真無邪或慈祥渴求的目光，魯迅實在不忍心將血淋淋的真相撕扯出來給她們看，實在不忍心把殘酷的真話說出來給她們聽，於是只好「我要騙人」。

由於「希求心的暫時的平安」而「騙人」，深蘊著魯迅先生巨大的悲憫情懷和對善良人們深深的摯愛。小女孩和母親雖然獲得了暫時的安慰，但魯迅先生卻是矛盾而痛苦的，而且他毫不留情地將這種心理予以剖析，使我們看到了一顆真實複雜而偉人的心靈。

錢理群先生在解讀本文時，有一段精彩的論述：「我覺得一個人要說真話固然很難，但是，能夠像魯迅這樣正視自

己時時刻刻不得不說假話的困境，這需要更大的勇氣。我們每一個人時時刻刻都面臨著這樣一個兩難的選擇，但是有誰像魯迅這樣敢於正視自己渴望說真話，但又不能不說假話、不能不騙人的這樣一種深層的困境呢？」

——楊依柳《魯迅作品選講》

名人和名言

《太白》二卷七期上有一篇南山先生的《保守文言的第三道策》，他舉出：第一道是說「要做白話由於文言做不通」，第二道是說「要白話做好，先須文言弄通」。十年之後，才來了太炎先生的第三道，「他以為你們說文言難，白話更難。理由是現在的口頭語，有許多是古語，非深通小學就不知道現在口頭語的某音，就是古代的某音，不知道就是古代的某字，就要寫錯。……」

　　太炎先生的話是極不錯的。現在的口頭語，並非一朝一夕，從天而降的語言，裏面當然有許多是古語，既有古語，當然會有許多曾見於古書，如果做白話的人，要每字都到《說文解字》裏去找本字，那的確比做任用借字的文言要難到不知多少倍。然而自從提倡白話以來，主張者卻沒有一個以為寫白話的主旨，是在從「小學」裏尋出本字來的，我們就用約定俗成的借字。誠然，如太炎先生說：「乍見熟人而相寒暄曰『好呀』，『呀』即『乎』字；應人之稱曰『是唉』，『唉』即『也』字。」但我們即使知道了這兩字，也不用「好乎」或「是也」，還是用「好呀」或「是唉」。因為白話是寫給現代的人們看，並非寫給商周秦漢的鬼看的，起古人於地下，看了不懂，我們也毫不畏縮。所乙太炎先生的第三道策，其實是文不對題的。這緣故，是因為先生把他所專長的小學，用得範圍太廣了。

我們的知識很有限，誰都願意聽聽名人的指點，但這時就來了一個問題：聽博識家的話好，還是聽專門家的話好呢？解答似乎很容易：都好。自然都好；但我由歷聽了兩家

的種種指點以後，卻覺得必須有相當的警戒。因為是：博識家的話多淺，專門家的話多悖的。

博識家的話多淺，意義自明，惟專門家的話多悖的事，還得加一點中說。他們的悖，未必悖在講述他們的專門，是悖在倚專家之名，來論他所專門以外的事。社會上崇敬名人，於是以為名人的話就是名言，卻忘記了他之所以得名是那一種學問或事業。名人被崇奉所誘惑，也忘記了自己之所以得名是那一種學問或事業，漸以為一切無不勝人，無所不談，於是乎就悖起來了。其實，專門家除了他的專長之外，許多見識是往往不及博識家或常識者的。太炎先生是革命的先覺，小學的大師，倘談文獻，講《說文》，當然娓娓可聽，但一到攻擊現在的白話，便牛頭不對馬嘴，即其一例。還有江亢虎博士，是先前以講社會主義出名的名人，他的社會主義到底怎麼樣呢，我不知道。只是今年忘其所以，談到小學，說「『德』之古字為『悳』，從『直』從『心』，

『悳』即直覺之意」，卻真不知道悖到那裏去了，他竟連那上半並不是曲直的直字這一點都不明白。這種解釋，卻須聽太炎先生了。

不過在社會上，大概總以為名人的話就是名言，既是名人，也就無所不通，無所不曉。所以譯一本歐洲史，就請英國話說得漂亮的名人校閱，編一本經濟學，又乞古文做得好的名人題簽；學界的名人紹介醫生，說他「術擅岐黃」，商界的名人稱讚畫家，說他「精研六法」。……

這也是一種現在的通病。德國的細胞病理學家維爾曉（Virehow），是醫學界的泰斗，舉國皆知的名人，在醫學史上的位置，是極為重要的，然而他不相信進化論，他那被教徒所利用的幾回講演，據赫克爾（Haeckel）說，很給了大眾不少壞影響。因為他學問很深，名甚大，於是自視甚高，以為他所不解的，此後也無人能解，又不深研進化論，便一口歸功於上帝了。現在中國屢經紹介的法國昆蟲學大

家法布耳（Fabre），也頗有這傾向。他的著作還有兩種缺點：一是嗤笑解剖學家，二是用人類道德於昆蟲界。但倘無解剖，就不能有他那樣精到的觀察，因為觀察的基礎，也還是解剖學；農學者根據對於人類的利害，分昆蟲為益蟲和害蟲，是有理可說的，但憑了當時的人類的道德和法律，定昆蟲為善蟲或壞蟲，卻是多餘了。有些嚴正的科學者，對於法布耳的有微詞，實也並非無故。但倘若對這兩點先加警戒，那麼，他的大著作《昆蟲記》十卷，讀起來也還是一部很有趣，也很有益的書。

不過名人的流毒，在中國卻較為利害，這還是科舉的餘波。那時候，儒生在私塾裏揣摩高頭講章，和天下國家何涉，但一登第，真是「一舉成名天下知」，他可以修史，可以衡文，可以臨民，可以治河；到清朝之末，更可以辦學校，開煤礦，練新軍，造戰艦，條陳新政，出洋考察了。成績如何呢，不待我多說。

這病根至今還沒有除，一成名人，便有「滿天飛」之概。我想，自此以後，我們是應該將「名人的話」和「名言」分開來的，名人的話並不都是名言；許多名言，倒出自田夫野老之口。這也就是說，我們應該分別名人之所以名，是由於那一門，而對於他的專門以外的縱談，卻加以警戒。蘇州的學子是聰明的，他們請太炎先生講國學，卻不請他講簿記學或步兵操典，——可惜人們卻又不肯想得更細一點了。

我很自歉這回時時涉及了太炎先生。但「智者千慮，必有一失」，這大約也無傷於先生的「日月之明」的。至於我的所說，可是我想，「愚者千慮，必有一得」，蓋亦「懸諸日月而不刊」之論也。

七月一日

名家・解讀

文章以名人的言論常有謬誤的事實，說明名人的話未必是名言，許多名言常出自田夫野老之口，從而告誡人們分清「名人」和「名言」，對於妄以「名言」自許的人，應提高警惕。

嚴密的精要的邏輯分析與充足的有力的事實例證相結合，是魯迅闡明本文論點的主要方法。魯迅告誡人們要將「名人的話」與「名言」分開，其主要理由就是「專門家的話多悖」。在闡述這一觀點時，魯迅一方面肯定了專門家的專長，說明專門家的話並非都悖，他們在其專門方面的論述是「須聽」而且「很有益」的。另一方面又著重地分析了社會上崇奉名人的風氣和專門家的名人心理，指出了他們「倚專家之名，來論他所專門以外的事」的惡習，以及「專門家除了他的專長之外，許多見識是往往不及博識者或常識者」

的知識實際。這種一分為二的合乎邏輯的精要分析無論是對於普通人還是對於名人都是很有說服力的。同時魯迅還從章太炎談白話說起，列舉了中外古今，政治、經濟、歷史、醫學等各界的很多事例，有的具體評論，有的一筆帶過，有點有面，寫法多變，事例雖多卻沒有羅列堆砌的感覺，成為「專門家的話多悖」的論點的充分而有力的論據。

魯迅寫本文目的不在否定名人，只在挖掉人們盲目崇拜名人和名人以名人自居的病根。……但是對於江亢虎等輩，以及歷史上的「一舉成名天下知」的儒生們，魯迅卻採取了嘲笑抨擊的態度。例如，對江亢虎這樣的人，魯迅辛辣地諷刺他「忘其所以」、「真不知道悖到那裏去了」，「他的社會主義到底怎麼樣呢，我不知道」。將江亢虎的不學無術，賣狗皮膏藥的騙子嘴臉活生生地描繪了出來，使普通人認清其真實面目而不再上當。

——陸維忠《魯迅雜文選講》

國家圖書館出版品預行編目資料

野草：魯迅／著，初版，新北市，
新視野 New Vision，2023.10
面；　公分 --
ISBN 978-626-97314-9-7（平裝）

855　　　　112012449

野草
魯迅　著
方志野　主編

出　　版　新視野 New Vision
製　　作　新潮社文化事業有限公司
製 作 人　林郁
電話 02-8666-5711
傳真 02-8666-5833
E-mail：service@xcsbook.com.tw

總 經 銷　聯合發行股份有限公司
新北市新店區寶橋路 235 巷 6 弄 6 號 2F
電話 02-2917-8022
傳真 02-2915-6275

印前作業　東豪印刷事業有限公司
印刷作業　福霖印刷有限公司

初　　版　2023 年 10 月